Vente des 10, 11, 12 Janvier 1898

HOTEL DROUOT, SALLE N° 10

ESTAMPES

Anciennes et Modernes

PORTRAITS

Pièces Historiques

Adresses, Ex-Libris, Caricatures

VUES

COSTUMES CIVILS ET MILITAIRES

DESSINS

M° **Maurice DELESTRE,** Commissaire-Priseur, 5, Rue Saint-Georges

ASSISTÉ DE

M. **Louis BIHN,** Marchand d'Estampes, en face la Bibliothèque Nationale,
69, rue Richelieu, et 1, rue Rameau

et de **M. Aug. GEOFFROY.**

EXPOSITION PUBLIQUE :

Le dimanche 9 janvier 1898, de 2 heures à 5 heures 1/2

Désacidifié Sablé 1993

CATALOGUE

de plusieurs Collections

D'ESTAMPES

des Écoles française et anglaise du XVIIIe Siècle

PORTRAITS

LITHOGRAPHIES — EAUX-FORTES

PIÈCES HISTORIQUES RELATIVES A L'HISTOIRE DE

LA RÉVOLUTION & L'EMPIRE

Vues de Paris et de France

ADRESSES, EX-LIBRIS

COSTUMES CIVILS & MILITAIRES

Cris et Métiers

CARICATURES — SPORTS

INTÉRESSANTE COLLECTION DE PORTRAITS DE DAMES

ALBUMS — DESSINS

Gravures en lots

DONT LA VENTE AUX ENCHÈRES PUBLIQUES

AURA LIEU

HOTEL DES COMMISSAIRES-PRISEURS, RUE DROUOT, N° 9

Salle N° 10

Les Lundi 10, Mardi 11 et Mercredi 12 Janvier 1898

à deux heures de l'après-midi.

Me **Maurice DELESTRE,** Commissaire-Priseur, 5, Rue Saint-Georges

ASSISTÉ DE

M. **Louis BIHN,** Marchand d'Estampes, en face la Bibliothèque Nationale,
69, rue Richelieu, et 1, rue Rameau

et de **M. Aug. GEOFFROY.**

EXPOSITION PUBLIQUE : *Le Dimanche 9 Janvier 1898*
de deux heures à cinq heures et demie.

CONDITIONS DE LA VENTE

Elle sera faite au comptant.

Les acquéreurs paieront CINQ POUR CENT en sus des enchères, applicables aux frais de vente.

L'expert se réserve la faculté de rassembler ou de diviser les lots.

Dès la réception du présent catalogue, MM. les Amateurs pourront visiter les estampes au bureau de l'expert, 1, rue Rameau.

M. Aug. GEOFFROY, chargé de la vente, remplira les commissions que voudront bien lui confier les personnes ne pouvant y assister.

N.-B. — Le nombre de pièces contenues dans les **lots** *est indiqué en* **chiffres** *au bout de la ligne.*

ORDRE DES VACATIONS

Lundi 10 *janvier*. Cris et Métiers. Histoire. Révolution. Sport . . . . Nos 1 à 202

Collection Dauphinoise. 203 à 254

Mardi 11 — Estampes du XIXᵉ siècle. Caricatures. Costumes militaires. Napoléon. 255 à 498

Estampes en lots. 499

Mercredi 12 — Adresses. Costumes civils. Estampes du XVIIIᵉ. Portraits de Dames . . 500 à 762

Dessins . . . . 763 à 780

L'ordre du Catalogue sera suivi.

1re Vacation.

COLLECTION T.

ALBUMS

1 — Album d'Ostende. 19 pl. lith. de Eeckhout. Costumes et vues. — L'homme qui voudrait se marier. — La jeune fille à qui ça importe peu. Deux albums de chacun 12 pl. par Harry Parkes.　　　3

2 — Album lithographique pour 1826, publ. par Constans. 10 lith. dont : « La partie de Piquet », de Boilly.

3 — Vues de Romes. Albums de 65 pièces gravées par G. M. F. 1629. — Ancien et Nouveau Testament par Derome, suite d'environ 60 vignettes.　　　2

4 — Album de vues, vignettes, sujets historiques, vieux bois, contenant plus de 640 pièces anciennes.

5 — Recueil de dessins anciens et de gravures de tous genres. Vues, sujets gracieux, ornements, eaux-fortes modernes, etc. Plus de 120 pièces.

6 — Grand registre contenant environ 150 pièces. Gravures de l'École française du XVIIIᵉ siècle, pièces historiques, vues, estampes d'école ancienne. Bons dessins, parmi lesquels une intéressante série de Cornillo, etc.

ALIT (P.-M.)

7 — Boileau. — La Fontaine. — J.-J. Rousseau. — Mably. In-fol. en couleur.　　　4

8 — Louis XVIII, roi de France et de Navarre, d'après Pasquier. In-fol. en couleur. Très belle épreuve, marge.

ALLAIS

9 — Le Chien fidèle ; fait historique arrivé sur les parages de Nantes, 1807. In-fol., d'après Varenne. En couleur. Rare.

AMMAN (Jost)

10 — Planches pour un livre de Tournois. Cavaliers en armures. Représentation d'armes. In-fol.   3

ANONYME

11 — Vénus au bain. Ovale, in-fol. en couleur. Avant toute lettre. Marge.

AVELINE

12 — Portrait de *F. de Troy*, d'après lui-même. Rare épreuve du 1er état, avec le cartouche et avant que la draperie ait été allongée.

AUBERTIN

13 — Le maréchal *Lannes*, duc de Montebello. Petit in-fol. en pied, d'après Gérard. En couleur. Grande marge.

BACLER D'ALBE (d'après A.)

14 — Vue du fameut Mont-Blanc, dans le haut Faucigny, en Savoie. In-fol., en couleur, publ. par Christian de Méchel.

BAILLIE (Le capitaine W.)

15 — Vue du pont et de l'entrée de la ville d'Amboise sur la Loire, 1764. In-fol. avant et avec la lettre.   2

BARTOLOZZI (Fr.)

16 — André Danican *Philidor*, né à Dreux le 7 septembre 1726. In-8. Belle épreuve.

BONNART (à Paris chez)

17 — Le marquis de Barbesieux. - Le maréchal de Boufflers. In-fol.   2

18 — Le maréchal de Tessé (en noir et colorié, différents). — Le maréchal de Tallard. In-fol.   3

BONNEFOY (A Paris chez)

19 — Disposition du coucher. Estampe tirée des Amours de Faublas. In-fol. Belle épreuve.

BONNET

20 — Vénus au bain, d'après Beaufort. In-fol. en couleur. Belle épreuve.

BOUCHER (d'après Fr.)

21 — Le Réveil. Par P.-C. Lévesque. In-fol., en largeur. Marge.

22 — L'Amour modeste. Par J.-B. Michel. In-fol. Belle épreuve. Marge.

23 — Les Grâces au bain. Par Av. Ryland. In-fol. Très belle épreuve. Toute marge.

24 — La Laveuse. Par L. Bonnet. A la sanguine. In-fol. en largeur. Grande marge.

25 — La Courtisanne Amoureuse. Par de Larmessin. In-fol. Très belle épreuve. Avant l'adresse de Buldet. Marge.

26 — Premier Livre de Figures, d'après les Porcelaines de la Manufacture royale de France inventées en 1757 par M. Boucher. In-fol., gr. par Falconnet. Suite complète à toutes marges. Rare.   6

BRETON (à Paris chez Mme)

27 — The Love letter. — Friendship. Pendants ovales. En couleur. Belles épreuves.   2

BREUGHEL (P.)

28 — L'Envie. – La Colère. — Tribulations. — Démons. In-fol. Belles épreuves.   4

CARÈME

29 — Jupiter et Antiope. In-fol. En couleur. Belle épreuve.

CARMONTELLE (d'après L.-C. de)

30 — Vues prises dans les jardins Monceau. In-fol. Belles épreuves. Marges.   6

CHAPUY

31 — Vue prise dans le jardin de Monsseaux. — Vue du château de l'Orangerie de Versailles. — Vue de la tour sur le lac au petit Trianon. In-fol. En couleur. D'après Mongin. Belles épreuves.   3

CHARDIN (d'après S.)

32 — Le Benedicite. — La Ménagère. -- La Mère trop rigide. La Mère laborieuse. — Le Négligé. In-fol. Belles épreuves. Marges.   5

CHARON

33 — C'est dans les grands dangers qu'on voit un grand courage. Fait d'armes du maréchal Pérignon en Espagne. In-fol. en couleur, d'après Aubry.

CHEDEL (Q.)

34 — ' ţjou et Zirphile, de Duclos, suite complète des neuf vignettes d'après Boucher. Une pièce ajoutée. Petit in-fol. Toutes marges.   10

CHOFFARD (P.-P.)

35 — Vue des eaux de Brunoy. D'après H. Gravelot, 1763. In-fol. en largeur. Très belle épreuve. Marge.

36   Vue de la ville d'Orléans, 1766. D'après Desfriches. Grand in-folio. Belle épreuve.

CIPRIANI (d'après J.-B)

37 — Maternal Love. — The Mirror of Love. — Filial affection. In-fol. En couleur. Par Clément et Payen. Grandes marges.   3

38 — Eléments de dessin. — Instruction de l'Amour. — L'Etude. — Cornélie. — La reine Elisabeth. In-fol. en noir et en couleur. Par Bartolozzi, Chaillou, Legrand, etc. 9

COCHIN (d'après C.-N.)

39 — Plan général de la ville de Rheims. Titre par Massard, 1769. Très belles épreuves: avant la lettre, non terminée, et avec la lettre.   2

COPIA

40 — Le général Charette. Portraits-bustes, avec le chapeau
et avec bonnet. In-fol. En couleur. Très belles épreuves
avant la lettre.   2

COUSSIN (H.)

41 — Messire J. P. *de Ricard*, marquis de Bregançon et de
Joyeuse. In-fol. à la manière noire, d'après J. B. Vanloo.
Belle épreuve.

CRIS ET MÉTIERS

42 — Layettier. — Pâticier. — Vannier. — Plumassier. —
Ceinturier. — Chandellier. - Ferblanquier. — Meusnier.
Astrologue. — Plombier. Par G. Valck. In-fol. Belles
épreuves. Marges.   10

43 — Crieuse de poires cuites. — Marchande de maquereaux
frais. — L'Escaillier. — Tisane à la glace. A Paris, chez
Bonnart. In-fol. Belles épreuves. Marges.   4

44 — Cabaretier. — Tisserand. — Chaudronnière. — Chapel-
lier. — Monnayeur. — Chandellier. — Beurière. — La-
boureur. In-fol. Par de Larmessin. Belles épreuves. Marges.   8

45 — Costumes civils et Cris français. Caricatures par H.
Bunbury; 1771. Suite de pièces in-8, numérotées.   10

46 — Cris et Costumes Italiens, par J.-M. Miteli (1634-1718).
Petit in-fol. Suite numérotée de 1 à 40. Belles épreuves
avec marges.   40

47 — Portraits d'artisans étrangers. Collection intéressante et
variée. In-8 et in-4.   55.

48 — Marchande d'estampes. — Marchande de papiers peints.
Epicière. - Ecaillère. — Fruitière herbière. — Charcu-
tière. — Bouchère. — Tablettière. - Garçon limonadier.
Bonnetière. Lithographies in-folio, coloriées, du « Genre
Parisien », par Philippon.   10

DEBUCOURT (P.-L.)

49 — Entrevue de LL. MM. l'Empereur des Français et l'Empereur de Russie sur le Niémen, 25 juin 1807. In-fol., en
largeur, d'après H. Vernet. Très belle épreuve. En couleur.

50 — Madame la duchesse d'Angoulême au tombeau de ses parents. In-fol., d'après Mallet. Très belle épreuve. En couleur.

DEBUIGNE

51 — Marseille deffendue par ses citoyennes en 1524. In-fol., d'après David. Belles épreuves : avant la lettre, non terminée, et avec la lettre.   2

DIVERS

52 — Le Père Girard et Mlle Cadière : « J'ai une grande faim de vous revoir et de tout voir. — Ma chère petite de trois ans oubliez-vous et laissez faire. — Le Justice de Dieu exige de vous que vous soyez mise ainsi nue. — J'attends qu'elle revienne pour lui parler du Bon Dieu ».   4

Très belles épreuves avec de grandes marges d'une suite de quatre pièces très curieuses, gravées à l'eau-forte et se rapportant à un fait tiré de la Chronique scandaleuse du temps.

53 — *Jeux.* Le petit oracle des dames. Nouvel Eteila ou le petit nécromancien. Tarot de 36 cartes non découpées. A Paris, chez Mme Finet (fin du XVIIIᵉ siècle).

54 — Nouveau jeu bruiant des cris de Paris et de ses faubourgs et environs. Grand in-fol., publ. chez Basset. Marge. Très rare.

55 — Jeu du Voyageur en Europe, représentant les Vues des plus beaux édifices des principales villes de cette partie du monde. Grand in-fol., publ. chez Basset. Belle épreuve.

56 — Les Epines changées en roses. Jeu nouvellement inventé pour apprendre à lire aux enfans en très peu de temps et mis au jour par Mlle Duteil, qui s'en est servi (*sic*) avec succès avant de le donner au public. Grand in-fol., publ. chez Crépy.

57 — Silhouettes. Etienne *Despréaux*, danseur, époux de la Guimard, portrait découpé par lui-même.—Mlle *Brandin*. — Mlles *Liskin*, aînée et jeune, actrices.—*Mozart*, etc.   7

58 — Machine kinetique. Grande horloge « jetant de grandes lumières sur la possibilité du mouvement perpétuel ». A Paris chez Grandjean. In-fol.

59   Le Bureau tipographique, ou la Bibliothèque des Enfans, à l'usage de Mgr le Dauphin et Mgrs les Enfans de France ; 1732. In-4, par Guélard. Rare

60 — J. *Weiss*, professeur de Mécanique et de Physique de Paris. — Uranorama de M. Ch. *Rouy*. Dédié au Roi. In-fol.
2

61 — Vue et perspective du Rocher que le Roy a fait construire au bas de la Terrasse du château royal de Lunéville. Grande estampe représentant différents personnages mécaniques marchant automatiquement.

62 — Vue du *tread mill* pour les prisonniers à Brixton. — Le Musicien automate. — Muséum du Jardin des Plantes. — Secours pour les enfants qui naissent sans donner signe de vie, etc.
8

63 — Noms des pièces qui composent le fusil, pour servir à l'ordre de le démonter et de même pour le remonter. Gr. in-fol., publ. à Strasbourg chez Perrier. Très belle épreuve. Marge.

64 — Grands encadrements, par Boucher, Vanloo, Laurent Cars. Belles épreuves. Marges.
4

65 — Bible de Rohan ; Strasbourg, MDCCXXXIV. Suite complète des figures de Danneker et Weiss. In-fol.
14

66 — Vignettes et illustrations pour les Misérables, Musset, Fleurs animées et animaux (Grandville), Gil-Blas, Théâtre de Molière, etc. Gravures et lithogr.
110

67 — Titres et vignettes d'ouvrages du XVIIIᵉ siècle. In-8, et in-fol.
35

68 — Papier ancien pour gardes de livres, coffrets, écrans, garnitures de boîtes, buvards, abat-jour, etc. Dessins variés. Double in-folio.
45

DREVET (P.)

69 — Le R. P. Julien *Maunoir*, de la Cⁱᵉ de Jésus (missionnaire en Bretagne). In-8. Épreuve du 1ᵉʳ état avant le nom du graveur. Extrêmement rare. (D. 93)

DUCLOS (A - J.)

70 — La Reine annonçant à Mᵐᵉ de Bellegarde, des juges, et la liberté de son mari ; en mai 1777. In fol. en largeur, d'après Desfossés. Très belle épreuve, raccom.

DUPLESSIS-BERTAUX

71 — La Bienfaisance ingénieuse ; fait historique, 1802. Petit in-fol., avec texte au bas. Belle épreuve.

ECOLE ANCIENNE

72 — Gravures sur bois par Burgkmaier pour illustration de la Bible, XVIᵉ siècle. In-fol.   30

73 — Le Christ, par Ant. Wierix. — La Vertu, sous la figure d'une jeune femme, se débattant contre l'Amour, l'Erreur, l'Ignorance et l'Opinion. In-fol., en clair-obscur, par Andrea Andreani, 1585. — Bataille, par Tempesta. Belles épreuves.   3

74 — La Transfiguration. — L'Incendie de Troie, du cabinet Farnèse. — Les Troyens repoussent les Grecs sur leurs vaisseaux. — Bataille des Médicis, etc. Par Jules Romain, Crispin de Pas, Carrache, Ph. Galle, J. Stradan, Raphaël.   19

75 — Les Travaux d'Hercule. — Martyre de Sᵗᵉ Félicité. — La Vierge et l'Enfant. — Alexandre et Roxane. — Les trois Grâces de la villa Borghèse. — Vénus et Vulcain. — La cassolette. — Mars et Vénus. — Rapt d'une jeune femme. — La Vierge à l'escalier, etc. Par ou d'après Marc-Antoine, Angel del Moro, Raphaël, Æneas Vico, J. Hopffer et autres.   26

ECOLE FLAMANDE

76 — La Coquetterie. — Tarquin et Lucrèce. — La Vendeuse de marée. — Le Divertissement d'hiver. — Tricoteuse hollandaise. Par Joardens, Rubens, Van Hoeck, Mieris, etc. Belles épreuves.   7

77 — Le Départ et l'Arrivée au Sabat. — Le bon Fumeur. — L'Estaminette tranquille. In-fol., d'après Téniers.   4

78 — Le Chimiste. — Le Villageois gaillard. — Les misères de la guerre. — Le Chirurgien flamand. — Les Délices de la tabagie. — Le marché conclu, etc. D'après Téniers.   20

79 — Entretien de voyage. — Corps de garde des officiers Hollandais. — Toilette de Vénus. — Les mangeurs d'huîtres. — La fille rusée, etc. Par ou d'après Berghem, Corlis Trost, Ostade, Rubens, Ferg et autres.   17

GARBIZZA (A.).

80 — Vue du château de Saint-Cloud. In-fol., en largeur. Belle épreuve.

HISTOIRE

81 — Siège de Vienne par les Turcs. — Prise de Francfort, 1631. — Bataille navale entre les Anglais et les Hollandais, 1665. — Arrivée et départ des émigrants Salzbourgeois à Augsbourg, 1731. Etc. 8

82 — Vue de la montagne et de la ville de Gibraltar. — Siège mémorable de Gibraltar, par terre et par mer, par les armées combinées de France et d'Espagne, sous les ordres de M. le duc de Crillon ; 1782. Images in-fol. coloriées. 2

83 — Naufrage de MM. de Laborde sur les canots de La Peyrouse au Port des François dans la Californie. Grand in-fol. par Prot et Dissart, d'après Crépin. Très belle épreuve.

84 — Réjouissance publique faite par la République Batave et l'Angleterre pour la paix d'Amiens, en 1802. In-fol. par Marcus.

85 — Combat de Trafalgar. Les différentes phases. Grand in-fol. en couleur, par Dodd, marges. 4

86 — Le siège de Saint-Quentin, 1814. In-fol. en largeur. Coloriée. Pièce satirique sur le passage des Alliés.

87 — Nous avons notre Père de Gand, ou une Soirée des Thuileries en juillet 1815. — La Famille Royale. In-fol. coloriées, par Gatine. 2

88 — Enlèvement de Manneken-Pis à Bruxelles dans la nuit du 4 au 5 octobre 1817. In-fol. à l'aquatinte. Rare.

89 — Banquet civique de 1560 personnes offert aux corps militaires de terre et de mer par les habitans de Brest, 26 août 1830. Lithographie in-fol., coloriée.

90 — Les Voltigeurs retranchés. — Michaud, canonnier de l'Yonne Etc. Lithographies in-fol. par Eug. Lami, le comte de Lasteyrie, Bellangé, Gaillot et Lassus. 5

91 — Lithographies tirées de « Victoires et Conquêtes ». Belles épreuves avec marges. In-fol. 23

92 — Vue des croisées de Paris, le jour de l'entrée de S. M. Louis XVIII. — Evacuation de la Hollande, par les Anglo-Russes. — Aux mânes du général Foy. — Journées de 1830, etc.   6

HOGARTH (W.)

93 — A Harlots Progress (Progrès d'une fille de joie). In-fol. Suite complète. Très belles épreuve. Marges.   6

> Une des plus intéressantes séries du fameux caricaturiste, et celle qui fait le mieux pendant au célèbre « Mariage à la Mode.»

JOULLAIN

94 — François *Desportes*, peintre ordinaire du roi, représenté en chasseur. In-fol., d'après lui-même. Belle épreuve. Marge.

KAUFFMANN (d'après Angelica)

95 — Mirande et Ferdinand. Par Tomkins. — L'Amour et l'Hyménée. — Héloïse. En bistre et en couleur.   3

96 — Eucharis. — Cléopâtre. — Héloïse. - Les Grâces. In-fol. En noir et en couleur. Par Legrand, Chaillou, etc.   4

KILIAN (P.)

97 — J. *de Gravel*, abbé de Boisgroland, sgr. de la Fredonnière. In-fol., d'après J.-B. Kull. Belle épreuve.

LALIVE de JULLY

98 — Vue et perspective du château de la Chevrette, résidence de la marquise d'Epinay. In-fol., d'après Dupin de Franqueil. Très belle épreuve. Grande marge. Rare.

LARGILLIÈRE (d'après N. de)

19 — Claude de *Bourdaloue*, sgr de Coutrès. In-fol., par Desrochers.

LE DRU (d'après H.)

100 — Le général *Hoche*, représenté en pied, devant sa tente, en Vendée. In-fol., par Coqueret. Superbe épreuve en couleur.

LE GRAND

101 — Le Tambourin. — Les Cymbales. Pendants ovales.
In-8. En couleur.   2

MASSARD père

102 — Charles X, d'après Callet. In-fol. en pied. Belle épreuve
avant la lettre.

MECHEL (chez Christian de)

103 — Vue de la chétive maison habitée par le czar Pierre-le-
Grand, à Saardam, en 1697. In-fol., en couleur.

MONSIAU (daprès N.).

104 — Portrait de Salomon *Gessner*. Frontispice de la mort
d'Abel (1793). In-4. En couleur. Par Colibert. Belle
épreuve. Toute marge.

MORLAND (d'après G.).

105 — Visite de la bonne mère à son enfant chez la nourrice.
In-fol. en largeur. Très belle épreuve.

106 — La paresse. Par A. Chaponnier. Petit in-fol. en couleur.
Belle épreuve.

NANTEUIL (Robert).

107 — F.-M. de La Tour d'Auvergne, duc de *Bouillon*,
vicomte de Turenne (R. D. 49). In-fol. Belle épreuve.

108 — Fr. de *La Mothe-Le Vayer* (R. D. 143). In-fol. Très
belle épreuve. Marge.

109 — Arm. du Plessis, cardinal duc de *Richelieu* (R. D.
218). In-fol. Très belle épreuve du 2e état.

PORTRAITS.

110 — Henri de Lorraine, par Sergent. — La Fontaine, par
Coqueret. — Le général Moreau, par Chataignier. En noir
et en couleur.   3

111 — Maison royale de France : Prince de Conti. — Duc de
Chartres. — Le Dauphin, frère aîné de Louis XVI. Etc.
Par Daullé, Rigaud, Romanet et autres.   5

QUEDENEY

seau. — Le Chevalier *de Semonville*. — *Levacher de Charnois*. — *Des Garets*. — *De Tréfonds*. — *De Tourolles*. — *De La Villeneuve*. — E.-C.-V. comte *de Colbert*. — *De Villiers*. — J.-B. *Bonet*, représentant du peuple. Portraits au physionotrace. Belles épreuves avec marges. 16

RÉVOLUTION

127 — De ses jours précieux, pour assurer le cours
La Fidélité veille et veillera toujours.

Estampe allégorique sur la naissance du Dauphin et où sont représentées les Parques (la France, l'Autriche). In-fol., gravée par le Comte de Paroy, et publiée chez Janinet. Très belle épreuve en bistre. Rare.

128 — Le Rappel de Monsieur Necker. — Allégorie pour servir de frontispice au Compte-Rendu au Roi. In-fol. Marges. 2

129 — Monument élevé à Rennes au Champ de Montmorin, pour la fête patriotique donnée par les habitants aux militaires en garnison dans la ville, le 12 août 1789. In-fol. au lavis par Mondhare, d'après Binet.

130 — La Séparation de Louis XVI et de sa Famille. Par Duplessis-Bertaux. In-folio, à l'eau-forte pure.

131 — Le Dauphin enlevé à sa Mère. In-folio, par Schiavonetti, d'après Pellegrini. Belle épreuve.

132 — Louis XVII en prière. In-4, au lavis, publ. à Londres chez Colnaghi. Chronogramme dans la légende.

133 — J'ai écarté les cœurs, il a les piques, et je suis capot. Curieuse pièce satirique montrant Louis XVI jouant aux cartes avec un sans-culottes coiffé d'un bonnet rouge. In-4. Marge.

134 — La Foire de Coblentz, ou les grands Fantoccini Français. Caricature sur les Émigrés. In-fol. Coloriée.

135 — Fuite de Dumouriez près de Valenciennes, le 6 avril 1793. In-4.

136 — Evénements de 1789 et 1790. Par Janinet. In-8, au lavis. 15

137 — Le Pelletier St-Fargeau représenté en médaillon sur un pylone. Petit in-folio, par Villeneuve. Au lavis.

138 — Mirabeau, en pied. Pàr Beisson, d'après Boze, 1789. In-fol. Belle épreuve.

139 — Portraits de Mirabeau et Scènes de sa vie, par Levachez, Ponce, Bonvalet. 3

140 — Portraits de Mirabeau, Marat, Le Pelletier. In-8 et in-4. 20

141 — Marat sur son lit de mort. — Pompe funèbre de Mirabeau. — Hommages rendus à la mémoire de Mirabeau. 4

142 — Actions héroïques, par St-Sauveur, Mixelle. En noir et en couleur.

143 — Portraits de Duport, Biauzat, Chénier, Michaud. In-8, en couleur, par Verité. 4

144 — Siéyès. - Fezensac de Montesquiou. – Pétion. — Rabaut de St-Etienne. — Mirabeau. Ovales. Par Fiésinger. Très belles épreuves en bistre. Marges 5

145 — Portraits des Députés à l'Assemblée nationale de 1789, par Déjabin. 20

De la Bibliothèque de S. M. la Reine Amélie. Proviennent du château de Neuilly.

RIGAUD (d'après H.)

146 — Claude de *St-Simon*, évèque de Metz. In-fol., à la manière noire, par J. Haid. Marge.

RIGAUD (d'après J.)

147 — Diverses vues du château de Saint-Cloud. Suite complète. In-fol. en largeur. Belles épreuves avec marges. 4

ROWLANDSON (Th.)

148 — Battle of the Amazons. In-fol. Coloriée.

149 — Le Rapt de la belle Hélène. D'après un tableau de Van Dyck. Satire sur la duchesse de Hamilton. Petit in-fol., coloriée. Rare.

SAYER (Robert)

150 — Tom Jones Molly Seagrim and Square. In-fol. En couleur. Très belle épreuve.

SCHENAU (d'après)

151 — Carème prenant. Par Voyez. In-folio. Belle épreuve.

SILVESTRE (Fr.)

152 — Diverses Pastorales dédiées et présentées à Mgr le duc de Bretagne. Suite complète de six pièces et un titre. Belles épreuves. Marges.   7

SPORT

153 — La Chasse du Faisan, du Lièvre, du Canard, de la Bécassine, de la Bécasse. In-fol., par Suntach, d'après Morland. Marges.   6

154 — Leicestershire. The Meeting. — Getting away. Pendants in-fol., coloriés, par Fielding, d'après Alken. Encadrés. 2

155 — Victorious bunchclod, or Turning the man Boney couldn't turn ! In-fol., coloriée. Encadrée.
    Portrait du duc de Wellington et satire sur Napoléon.

156 — Animaux, par Ridinger et Oudry. In-fol.   9

157 — Recueil de Chiens de chasse, par C. Vernet. — Le Garde-Chasse. Lithographies.   13

158 — Recueil de Chevaux en tous genres, gravés par Levachez, d'après C. et H. Vernet. Suite de 12 eaux-fortes. In-folio. Très rares.   12

159 — Epsom Races. Par James Pollard ; 1818. Très belle et ancienne épreuve, coloriée, avec toute sa marge. Fort rare.

160 — Herefordshire and Monmouthshire grand hunt steeple chase. Le Départ, L'Arrivée. Pendants in-fol., par Ch. Hunt. Coloriés. Encadrés.   2

161 — Trip to Melton Mowbray (Un petit voyage à Melton Mowbray). Suite de pièces en forme de frises, d'après T.-D. Paul. Coloriées.   12

162 — Returning from Ascot Races. Grand in-fol. En couleur. Par Duncan, d'après Henderson.

163 — La Promenade à cheval. Le Boulevard de Gand à Paris. — L'Avenue des Champs-Elysées. In-fol., coloriées, Gatine, pour le « Suprême Bon Ton ».   3

164 — Le Départ. — L'Arrivée : Milord Court faisant la route l'Anvers à Gand en 17 minutes. Pendants. Coloriés. **2**

165 — *Voitures*. The opposition coaches. In-folio. Coloriée Encadrée.

166 — The Birth Day Team. Grand in-fol., par Hunt, avec texte au bas. Très belle épreuve, coloriée. Encadrée.

167 — The Duke of Beaufort Coach, starting from the Bull and Mouth, Regents Circus, Piccadilly. Grand in-fol. par Ch. Hunt, d'après W. Shayer. Très belle épreuve. Coloriée. Encadrée.

168 — A View on the Highgate Road. In-fol., coloriée, par G. Hunt, d'après J. Pollard. Très belle épreuve. Encadrée.

169 — The Royal Mail going up Hill. Petit in-fol., coloriée. Encadrée.

170 — The Cambridge Telegraph, starting from the White Horse. In-fol., par G. Hunt, d'après J. Pollard. Très belle épreuve, coloriée. Encadrée.

171 — Summer. Going West. — Winter. Going North. Pendants, par Esther, d'après Alken. In-fol., coloriés. Encadrés. **2 fr.**

172 — *Vélocipèdes et Voitures à vapeur*. Pedestrian Hobbyhorse. Lithographie de Senefelder. Publiée à Bruxelles. Grande marge. Très rare.

173 — The Ladies Hobby. In-fol., coloriée.

174 — The Epping Hunt, or Hobbies in an uproar ; 1819. In-fol., coloriée.

175 — The New Steam Carriage. In-fol. en couleur, par Pyall, d'après G. Morton. Belle épreuve.

176 — A Steam Coach with some of the machinery going wrong. In-fol., coloriée. Marge.

177 — Walking, riding, flying by steam. In-fol., coloriée, par Schortshanks.

178 — The Aërial Steam Carriage. Lithographie coloriée. In-folio.

179 — *Chemins de fer*. Vue du chemin de fer de Bruxelles et de l'Allée Verte, et passage du remorqueur qui peut trainer par sa force trente et plus berlines, diligences, chars-à-bancs et wagons réunis, contenant 700 à mille personnes. Lithographie publiée à Bruxelles. Rare.

180 — Notions sur le chemin de fer. Premier chemin de fer Européen, d'Anvers à Cologne. In-fol., par Blasseau. Coloriée.

181 — Chemin de fer de St-Pétersbourg à Pawloocki. Petit in-folio, par Martens. Toute marge.

182 — Vués du chemin de fer de Liverpool à Manchester. Grande lithographie de Engelmann, représentant six sujets.

183 — Vues prises sur le chemin de fer de Li.erpool à Manchester. In-4, par Campe. 2

184 — Inauguration des chemins de fer, décrétés par la loi du 1er mai 1834. Vue prise près de Bruxelles le 5 mai 1835. Lithographie in-folio.

185 — Atlas pittoresque du Chemin de fer de Semmering, précédé d'un aperçu historique et statistique sur les chemins de fer en exploitation en Autriche, par C. de G. *Vienne*, 1854. In-4 obl., demi-rel., PLANCHES.

186 — Entrée du chemin de fer de Paris à Saint-Germain, place de l'Europe, à Paris. — Chemin de fer de Paris à Rouen. — Chemin de fer de Paris à Orléans. — Viaducs par-dessus le chemin de fer à Cernay et à Louterbach. — Le tunnel de la Tamise. Lithographies en noir et en couleur. 5

187 — Américain Express Train, 1855. — Locomotives américaines. Grandes lithographies coloriées. 3

188 — *Taureaumachie*. Combat de taureaux à Rome, devant le palais Farnèse. — Combat de taureaux, sur le mont Testaceus. Petit in-fol., par Henri Van Cleef (XVIe siècle), publ. par Ph. Galle. Marges. 2

189 — Vue du combat de taureaux qui eut lieu à Lisbonne le 28 août 1752. In-folio. Rare.

190 — Vue de la Plaza de Toros à Madrid, par D. Antonio Carnicero; 1791. Grand in-fol., coloriée. Marge.

191 — Coleccion de las principales suertes de una corrida de toros. Dess. et gravée par Ant. Carnicero, 1790. Suite incompl. In-fol., coloriées.   8

192 — Scènes de combats de taúreaux. Lithographies in-folio.   6

STRANGE (Robert)

193 — Vénus. — Danaé. Pendants in-folio. D'après le Titien.   2

TOWNLY STUBBS

194 — Savoir vivre sans souci. — Savoir vivre sans six sous. Pendants in-fol. (1783). Très belles épreuves en couleur.   2

VUES

195 — Vues des principales villes de Bourgogne, gravées par Hauer, d'après les estampes du Voyage de La Borde. Réunion de 16 petites vues sur la même planche. Belle épreuve. Marge. Rare.

196 — La cathédrale d'Amiens. — Le Palais de Justice de Rouen. In-fol., par J. Coney, 1829. Belles épreuves sur chine.   2

197 — Paysanne de la Bourgogne. — Bergère de la Bourgogne. — Fille des Apennins. — Paysanne de la Savoie. Petit in-fol., par Bunbury.   4

198 — Vues de France. Gravures et lithographies par Fielding Eug. Isabey, Le Veau et autres.   18

199 — Chapelle de Versailles (9 pl.). — Châteaux des environs de Paris, etc.   60

200 — Vues des environs de Paris. Gravures anciennes et modernes. Environ   150

201 — Vues étrangères, par divers artistes.   65

COLLECTION DAUPHINOISE

WHEATLY (d'après F.)

202 — Adélaïde ou la bergère des Alpes. Pièce ronde, publiée à Paris, chez Janinet. Très belle épreuve en bistre, légèrement lavée de couleur. Grande marge.

203 — Vues et Plans de Grenoble, Vienne, Embrun, Romans, etc. 22

204 — Cartes par Jaillot, Sanson, Robert, Beaurain, Janson, J. de Beins. — Plans *manuscrits* avec cartouches. 25

205 — Vues par Née, Fessard, Silvestre, Bacler d'Albe, Villeneuve, Chapuy, tirées du Voyage de Laborde ou de différentes suites. 30

206 — Les Tapisseries de Bayard. — Les Sépultures de St-Jean de Belleville. - Les constructions lacustres du lac de Paladru (Isère). — Les Tombeaux-forteresses. Fascicules avec planches. 5

207 — Prise de Valence, 25 avril 1562. — Prise de Montbrison, juillet 1562. In-fol., par Torterel et Perissin. Belles épreuves. 2

208 — Vue de la terrasse de M. Franklin à Passi. — Expérience aérostatique faite au château de la Muette. — Premier voyage aérien en présence de Mgr le Dauphin. — Représentation des globes aérostatiques inventés par MM. Montgolfier. Planches ayant rapport à l'expérience faite au château de la Muette, 21 novembre 1783. Noir et couleur. 4

209 — Martin Vinay, en couleur, par St-Sauveur. — Entrée de Napoléon à Grenoble, image coloriée. — Napoléon haranguant la foule, 7 mars 1815. *Dessin.* Etc. 10

210 — Assignats et Billets de confiance des villes et communes de Montélimar, La Tour du Pin, Bourg du Péage, Voiron, Grenoble, La Côte-St-André, Pont-Beauvoisin, Die, Châtillon. Rares. 9

211 — Affiches électorales, placards, avis, proclamations intéressant le département de l'Isère durant les années 1870 et 1871. Importante réunion. 210

212 — Blasons des Pairs de France Dauphinois, par Lefèvre. In-4. 9

213 — **Portraits**. Le marquis d'*Arlande*, premier navigateur aérien. In-4, par Legrand, d'après Pujos, 1784.

214 — *Aubert-Dubayet*, général et ambassadeur. En buste par Ruotte, et en pied par Gautier. In-fol. 2

215 — Monsieur *Barnave*, décapité comme traître à la liberté, le 9 frimaire an 2. Caricatures le représentant sous les traits de Janus, dont une très rare, populaire, avec le bonnet rouge. In-4. 2

216 — *Barnave*. Portraits par Fiésinger, Déjabin, Raffet, Marcke, etc. 6

217 — *Bayard*, par Jaspar Isac et Marcenay de Ghuy. Belles épreuves. 2

218 — *Bayard*. Evénements de sa vie et portraits. Réunion intéressante. 21

219 — Dessin d'un tombeau du chevalier Bayard que la ville de Grenoble avait demandé au statuaire Chinard, de Lyon. In-fol., plume et lavis.

220 — *Benichère* (Claude de La) de La Corbière, abbé de N.-D. de Valence. In-fol. par Lenfant, 1656. Seul portrait existant.

221 — *Championnet*, général en chef. Par Bonneville, Compagnie, Morghen, Levachez, Schmidt et autres. 10

222 — *Clermont-Tonnerre* (François de), évêque de Noyon. In-fol. par Nanteuil (R. D. 68) ; 1er état : costumé en abbé avant la croix pastorale. Très rare.

223 — *La Charce* (Philis de La Tour du Pin de), l'héroïne du Dauphiné, représentée à cheval, par Bonnart. In-folio. Belle épreuve. Rare.

224 — Le comte de *Lally-Tollendal*. Scène de l'exécution. Portraits par Levachez, Déjabin, Bonneville, Boilly, Tardieu, etc. 14

225 — *Le Camus* (Etienne), évêque et prince de Grenoble. In-8 par Roullet. Très belle épreuve.

226 — Hugues de *Lionne*, sous-secrétaire d'Etat. In-8 par Nanteuil (R. D. 146). Très belle épreuve du 1er état.

227 — Jules-Paul de *Lionne*, abbé de Marmoutier. In-fol. par Nanteuil, 1667 (R. D. 147). Très belle épreuve du 1er état : avant l'année enlevée.

228 — Le même personnage. In-fol. par Edelinck, d'après Jouvenet (R. D. 247). Epreuves du 2e état.   2

229 — *Milon* (Alexandre), évêque comte de Valence. In-fol. par Drevet, d'après H. Rigaud (F. D. 11). Très belle épreuve du 1er état. Rare.

230 — *Neufville* (Camille de), archevêque de Lyon. In-fol. par Et. Picart, d'après Ant. Paillet. Très belle épreuve. Marge.

231 — *Neufville* (Ferdinand de), évêque de Chartres. In-fol. par Nanteuil, 1664 (R. 204). Belle épreuve du 3e état (sur neuf).

232 — *Pluvinel*. Son portrait, par Simon de Passe, et planches extraites de son ouvrage d'Equitation. In-fol. Belles épreuves.   17

233 — Abel *Servien*, comte de La Roche des Aubiers, par divers.   7

234 — Messire François *Servien*, évêque de Bayeux. In-fol. par Nanteuil, 1656 (d'après Champagne (R. D. 225) ; 1er état : avant la lettre, et 2e état : avec la première date. Très belles épreuves.   2

235 — *Sévigné* (Marie de Rabutin Chantal, marquise de). In-8 par N. Edelinck d'après Nanteuil (F. D. 710). Très belle épreuve du 2e état : avec le trait d'union. Rare.

236 — *Thomassin* (Louis de), évêque de Sisteron. In-fol. par Crespy d'après Bouiys.

237 — *Villeroy* (Nicolas de Neufville, marquis de). In-fol. par Morin, d'après Ph. de Champagne. Belle épreuve du 1er état.

238 — François et Nicolas de Neufville de *Villeroy*. Par Edelinck, Schenk, Valck, Desrochers, Moncornet, Daret, Odieuvre. In-4 et in-fol.   12

239 — Marie de *Neufville*, âgée de 20 ans. — Françoise de Neufville. — Catherine de Neufville, âgée de 13 ans. In-fol. par Grignon. Rares.   3

240 — *Vinay* (Nicolas Parchappe de), chanoine de Reims. In-fol. par C.-N. Varin, 1770, d'après Le Seurre.

241 — *Wlson*, sieur de la Colombière. Frontispice de son livre, par Regnesson. Epreuves avant et avec le texte au verso.   2

242 — Henri, duc de *Montpensier*. — Charles, comte de *Soissons*. In-8, par Léonard Gaultier et Thomas de Leu. 2

242 — Henri *Oswald*, cardinal d'Auvergne, par C. Drevet. — Paul de *Neufville*, archevêque et comte de Lyon, par le même. — Abel *Servien*. — Le maréchal de *Toyras*, par Cl. Mellan. In-fol.

244 — Isaac de *Laffemas*. — Nicolas de *Neufville*, par Mich. Lasne. — Louis de *Serres*, médecin. — B. *Simon*, prêtre. Belles épreuves.   6

245 — Etienne *Le Camus*, cardinal, par Vallet. — François *Bertont de Crillon*, archevêque de Vienne, par Simonneau. In-fol.   2

246 — Oronce *Finé* et Claude *Expilly*, par Léonard Gaultier, Boissevin, etc.   10

247 — La Vénérable Mère Louise Cécile de *Ponsonas*, par Auroux. — Mme de *Sévigné*. — Catherine de *Clermont*. — Mme de *Tencin*. — Diane de Poitiers. Etc.   15

248 — *Bernard*, dit Gentil. — *Baptiste* cadet, acteur. — Fantin *Desodoards*. — Hugues de *Lionne*. — Gasp.-Moïse de *Fontanieu*, etc.   6

249 — *Barnave*. — *Challier*. — Comte de *Clermont-Tonnerre*. — *Condillac*. — *Mably*. — *Mounier*. — *Servan*. — *Dé Virieu*. Etc.   17

250 — Portraits par Boissevin, Moncornet, Daret.   15

251 — Députés à l'Assemblée nationale, par Levachez et Déjabin.   12

252 — Ecclésiastiques. Intéressante série.   26

253 — *Dubayet*. — *Digonet*, dessin. — Casimir *Périer*. — Représentants du peuple en 1848. Etc.   43

254 — Célébrités anciennes et contemporaines. Gravures et
lithographies.   70

<hr>

Deuxième Vacation

Collection Le D.

ADAM (Victor)

255 — Paris. Scènes de mœurs. Suite complète de lithographies.   12

256 — Fêtes des environs de Paris. Album de douze lithographies publ. par Vallée en 1830. In-fol., avec la couverture.   12

257 — La Marseillaise. — La Parisienne : Chants des 27, 28
et 29 juillet 1830. Grandes lithographies ; couplets et
musique.   2

ALBUM

258 — Croquis par divers artistes. Lithographies de Charlet,
Isabey, Mozin, Decamps, etc. S. d. In-fol. obl. rel. en
toile.

    Album très rare contenant 62 pl. (le n° 60 est double et diffé-
rent).

AMÉRIQUE

259 — J.-F. Phélypeaux, comte de Maurepas, sous le minis-
tère duquel furent envoyés les premiers vaisseaux pour
la Guerre d'Amérique. In-fol. en pied, par Petit, 1736,
d'après Vanloo.

260 — Franklin, assis. In-fol., d'après L.-C. de Carmontelle.
Belle épreuve.

261 — Francklin. Buste ovale. In-fol. par P.-M. Alix. D'après
Vanloo. Très belle épreuve en couleur. Rare. Encadrée.

262 — Le général Washington, à la bataille de Trenton. In-fol. en pied, par W. Warner, d'après J. Trumbull. Très belle épreuve en couleur. Encadrée.

263 — Le général Washington. Buste fort comme nature. Grand in-folio, par Lefort. Très rare épreuve du 1er état, avant toute lettre, l'habit n'est pas achevé, les boutons ne sont qu'indiqués. Encadrée.

264 — M. le marquis de La Fayette, élu par acclamation commandant général de la Garde nationale parisienne. In-8, en couleur, dans le genre de Vérité.

265 — Le général Kosciusko. Ovale in-8, en couleur, par Chapman.

266 — Tableau des principaux peuples de l'Amérique. — Tableau des découvertes du capitaine Cook et de La Pérouse. In-fol., en couleur, par Mixelle et Phélipeau, d'après Grasset-St-Sauveur.   2

267 — Théâtre de la Guerre dans l'isle Minorque, dédié à S. E. Mgr le Duc de Crillon. In-fol., coloriée, avec légende explicative.

268 — Capitulation de York-Town. Croquis à la plume, par Armand Dumaresq. In-4 en largeur.

269 — Proclamation de l'Indépendance des Etats-Unis, 1776. Dessin au crayon d'Armand Dumaresq. Signé.

   Esquisse du tableau qui est chez Mme M. R***.

270 — Premier voyage de La Fayette d'Amérique en France : son entrée dans le salon du Duc de Noailles, son beau-père, avec qui il était fâché. Dessin d'Armand Dumaresq, plume et lavis. Esquisse pour son tableau.

AUBRY et LOEILLOT

271 — Diligence. — A Stage Coach. — Les Jumelles. Lithographies in-fol., coloriées, publ. chez Delpeuch et Gihaut. Marges.   3

BEAUMONT (E. de)

272 — Les filleules des fleurs à Paris. Suite complète de douze lithogr.   Un baiser vaut un soufflet. — Une chanson vaut un baiser. Lith. coloriées.   14

BELLANGÉ (Hippolyte)

273 — Trente Mars 1814. Siège de Paris. Dans le fond, une vue de Montmartre. Lithogr. de Engelmann. Grand in-fol. Belle épreuve. Rare.

274 — Une halte en Bourgogne. — Les maris s'insurgent. — Le mendiant. Etc. Lithogr. en noir et coloriées.   11

BOILLY (L.)

275 — La bonne aventure. — Le mendiant. — Les commissionnaires. — Les tailleurs de pierre. -- Les fumeurs. Lithogr. coloriées de Delpech. Grandes marges.   5

276 — Les joueurs de cartes. — Le jeu de billes. — La partie de piquet. — Les tondeurs de chiens. Lithogr. en noir et coloriées.   4

277 — Grimaces. Lithogr. coloriées.   27

278 — Grimaces. Lithogr. en noir.   51

BOILLY (Jules).

279 — Les quatre parties du jour. — Les Saisons. — Le Char de Vénus. — Joseph. — L'Amour. — L'égratignure. — La Caresse. Lithogr. teintées, d'après Prud'hon.   10

BOSSE (Abraham)

280 — Callot (G. D. 1234). In-fol. Très belle épreuve.

281 — Le Mariage à la campagne : Les Cadeaux. La Danse. (G. D. 1380, 1381). Très belles épreuves du 1er état, avec l'adresse de Leblond.   2

BROMLEY (W.).

282 — Falstaff. D'après Beresford ; 1809. In-fol. Belle épreuve. Rare.

CALAMATTA (L.).

283 — George *Sand*, 1836, in-8, et 1840, in-fol. — *Raoul-Rochette*, 1853. Belles épreuves.   3

CALLOT (J.).

284 — Claude *Deruet*, peintre du Duc de Lorraine (M. 505). Belle épreuve. Grande marge.

CARDON (A.).

285 — Victor *Moreau*, général ; 1802. In-fol. Très belle épreuve. En couleur. Marge.

CARICATURES.

286 — Jeannot. — Le Spéculateur. — Le Libraire. — L'Observateur. — L'aimable Pétulante. — Thérèse. — Le Chevalier de la Saucisse. — Réflexions salutaires. — Fanchon. — La marquise du Plomb. Petit in-fol., par de Goz, publ. à Augsbourg. 10

287 — Marche de Carnaval. — Le vrai Contraste. In-fol., coloriées. Publ. chez Martinet et Bance. Marges. 2

288 — Grand Chemin de la Postérité. Suite complète de six lithographies qui se réunissent deux à deux, par Benjamin. Paris, Aubert. Belles épreuves. Rares.

289 — Calendrier pour 1844. Réduction de la suite précédente, publ. à Bruxelles. Belle épreuve. Marge.

290 — Paris tel qu'il est. — Les Provinces telles qu'elles sont. — Les Nations telles qu'elles sont toutes. In-fol., coloriées, à plusieurs sujets sur la feuille. 3

291 — Lithographies coloriées de Traviès pour : Paris. — Modes, par Philipon. Etc. 9

292 — Le Bon Genre. Belles épreuves, coloriées. 18

293 — Musée Grotesque. Caricatures Parisiennes. Belles épreuves, coloriées. Marges. 19

294 — Le mors aux dents. — Ah ! le diable de marais ! — Guerre des petites bêtes contre les grosses. — Le désagrément des piétons dans Paris. — Encore un pour Sceaux. — Le désarroi. — Nous sommes dix-sept. Etc. Belles épreuves, coloriées. 10

295 — Caricatures grotesques, par Lecomte. Paris, Delpech. Lithogr. coloriées. In-fol. Marges. 7

296 — Mariage de M. Riche Laid avec Mlle Vendue. — Suite et effets du mariage de M. Riche Laid. — La mariée de village. — La mariée de ville. — La consultation. — Le contrat. Etc. Caricatures sur le Mariage. In-fol., coloriées. 8

297 — Scène d'un bal de province. — Départ pour Frascati.—
Le Boléro. — Et nous aussi j'valsons. Etc. Caricatures
sur la Danse. In-fol., coloriées.   11

298 — Vanitas vanitatum. — Messieurs, baissez les yeux, ou
perdez la vue. — Partie de tric-trac. — Le coup de vent.
Etc. Caricatures grivoises ou scatologiques, la plupart
coloriées.   6

299 — L'Arrivée. — Le Départ. — Famille anglaise au Salon.
— Les Parieurs anglais. — Les Mylords Bouffes à Paris.
Etc. Pièces sur les Anglais. In-fol., coloriées.   30

300 — La Course des Montagnes Russes à Paris. — La Curio-
sité punie. — La Leçon de Danse.— La Leçon d'Equitation.
Etc. In-fol., coloriées.   6

301 — M. Mayeux, par Traviès. — Caricatures de Pruche,
Jacques, Daumier, Lepoittevin et autres.   24

302 — Bon Voyage. Adieu fait aux Alliés en 1815. Lithogr.
in-fol. de Engelmann.

303 — La petite Loge, ou l'Archi-fou. In-fol., coloriée. Toute
marge. Rare.

    **Curieuse pièce satirique dirigée contre Cambacérès, Ville-
vieille, d'Aigrefeuille et Mlle Cuissot en travesti masculin.**

304 — George entre ses deux Génies. — Camarades, je vais
chercher du renfort. — Les dégaraissés donnant la pelle
au cul au dégraisseur. — La Dynastie de Bourbon en dan-
ger (par Cruikshank). — Grandes Marionnettes politiques.
Etc. En noir et coloriées.   16

305 — Planches doubles publiées dans le journal : La Caricature. Dessins de l'Association et de la Mensuelle. Belles
épreuves. Quelques-unes sont très rares.   24

306 — Planches simples tirées du même journal. En noir et
coloriées.   55

307 — Caricatures politiques sur Louis-Philippe. — Actualités, par Vernier, etc.   42

308 — Caricatures coloriées sur la Commune : Paris assiégé.
— Paris bloqué. — Silhouettes. Lithogr. en noir et coloriées de Andrieux et autres.   65

CARY (A Londres chez)

309 — Tender Trim and only thirty; 1786. In-fol., coloriée. Belle épreuve.

CHARBONNIER

310 — L'Amour envoyé en ambassade avec l'offre amoureux. — L'Amour, retour de son ambassade, est gratifié et honoré de son heureuse négociation. Pendants in-folio, ovales, d'après Huet. Belles épreuves en sanguine.   2

CHARLET

311 — Le Grenadier de Waterloo. Première planche (L. 38. R.). In-fol. Très belle épreuve. Tirée à petit nombre.

312 — Le Soldat Français (L. 74. RR.). Très belle épreuve.

313 — Cuirassier français portant un drapeau. (L. 76 R.). Très belle épreuve. Marge.

314 — Croquis inédits à la plume. — Eaux-fortes. Belles épreuves.   17

315 — Alphabet moral et philosophique; 1835. Suite complète.   25

316 — Albums lithographiques : 1824 ; 16 pl. Complet. — 1827 ; 18 pl. Complet. — 1828 ; 18 pl. Complet. — 1829 ; 16 pl. Complet.   68

317 — Albums lithographiques : 1830 ; 17 pl. Complet. — 1831 ; 16 pl. Complet. — 1832 ; 12 pl. Complet. — 1837 ; 15 pl.   60

318 — Le maître d'école. — Les querelleurs. — Feuille de croquis. Etc. Gravures et lithographies.   24

CHEREAU (A Paris, chez)

319 — Le Concert. — Le Bal champêtre. — Le Feu de joie. — L'Amour pilote. Pièces à costumes. Marges.   4

CIPRIANI (d'après J.-B.)

320 — Love and Fortune, par Houston. In-fol., en bistre. Encadrée.

COSWAY (d'après R.)

321 — S. A. Louis-Philippe-Joseph, duc d'Orléans, par G. Hadfield. In-fol., en pied. Belle épreuve, en bistre. Encadrée.

COTELLE (d'après)

322 — Histoire d'Enée et de Vénus, et Naissance de l'Amour. Par Dupuis, Tardieu, Limosin, Massé et Desrochers, d'après les peintures qui sont dans le Cabinet des bijoux de S. A. R. Monsieur, duc d'Orléans, à Saint-Cloud. Belles épreuves. Grandes marges. 6

CRUIKSHANK

323 — Les trois brigands du Nord (Joseph Lebon, d'Arras, et consorts); 1791. Caricature in-fol. Coloriée.

DAUMIER (H.)

324 — Croquis d'expressions. Lithographies coloriées. 12

325 — Pastorales. — Croquis parisiens. — Bas-bleus. — Actualités. — Robert Macaire. — Mœurs conjugales. Etc. Lithogr. en noir. 30

DELACROIX (Eug.)

326 — L'Hermite de Copmanhurst. Lithographie originale, avec les salissures dans la marge. Rare.

327 — Le Tasse dans la prison des fous. — Lion couché. — Ivanhoé. — Rencontre de cavaliers Maures. — Hamlet. Lithogr. de Le Roux, Gaugain, Mouilleron, etc. 6

DETAILLE (d'après Ed.)

328 — Deux Incroyables dans un parc; 1869. Eau-forte de Rajon; 1870. Belle épreuve, encadrée.

DEVÉRIA (A.)

329 — Contes de La Fontaine, publ. par Ardit. Lithogr. in-4, la plupart sur Chine et avant les Nos. Couverture. 27

DROUAIS (d'après F.)

330 — Les enfants du Prince de Turenne, par Ch.-D. Melini. Très belle épreuve. Marge.

ECOLE FRANÇAISE DU XVIIIᵉ SIÈCLE

331 — Il n'y a plus d'enfant, par Villeneuve. — Le bonne
accords. A Paris, chez Crépy. Petites pièces rondes, grivoises. En couleur. Marges. 2

332 — Petit portrait de femme. — La fontaine de Virginie. —
La mort de Virginie. Petites pièces rondes. En couleur. 3

333 — Les petits Comédiens. In-folio, en largeur. Suite rare
à trouver complète 6

334 — Les douze Mois, par Pomel. Suite complète de petits
sujets pour abat-jour. 12

335 — La Bonne Aventure. — L'Escamoteur, par Morret. —
Paul et Virginie. — Le Télégraphe d'Amour. In-folio, en
couleur. 4

336 — Dors, mon enfant. — La débauche. — Sainte Geneviève. — Adam et Eve. — La Cène. In-fol., en couleur,
par Augrand, Le Barbier, Le Grand, Bonnefoy, etc. 5

337 — Le Midi, par Baudouin. — La Sultane au bain, par
Deny. — Salmacis et Hermaphrodite, par Vidal. In-folio. 3

338 — Tombeau de Mⁿᵉ Sandow, par Boucher. — Le Cor-
donnier hollandais, par Basan. — Les petits Voleurs, par
Charpentier. — Le Seigneur chez son Fermier. — Les
Grâces au bain, par Raoux. — Les Baigneuses, par Lempereur. In-folio. Belles épreuves. 6

339 — Naissance de Vénus, par Niquet. — Le Coucher, par
Chaponnier. — Les Appas multiples, paa Dennel. —
L'Attente du Plaisir, par Lempereur. In-folio, belles
épreuves. 4

340 — Gravures de l'Ecole française, par Rousselet, Porporati, Lancret, Le Clerc, Cochin, Boucher, Scotin, Le Bas,
etc. Belles épreuves. 20

341 — Le Jugement de Pâris. — Le Satyre complaisant. —
Bacchus et Ariadne. — Vénus se venge de Psyché. Etc. 13

342 — Mars et Vénus. — Terpsichore. — Vénus et les Amours.
Par Clément et autres. 13

343 — Bacchanales en forme de frises, par Janinet, Moitte,
Ridé et autres. In-fol. 8

ÉCOLE FRANÇAISE DU XIXᵉ SIÈCLE

344 — Eaux-fortes de Trimolet, Lalauze, Schommer, Desmoulins, Yon, Saffrey, Taiée, Hédouin, Couturier, Laurens, Fayen-Perrin, etc. Publ. par Cadart.   25

345 — Eaux-fortes de Roybet, Taiée, Flameng, Mongin, Lefort, Adeline, Pille, Ch. Jacques. Belles épreuves.   29

346 — Lithographies de Du Sommerard, Victor Petit, La Plante, Bachelier, etc., pour les Arts au Moyen-Age. Belles épreuves sur Chine.   7

347 — Le Juif Errant. Scènes tirées du roman d'Eug. Sue, et lithogr. à 2 teintes par Regnier et Bettanier. *Paris*, s. d. Belles épreuves sur Chine. Couverture.   8

348 — Gravures et lithographies tirées du journal : l'Artiste, 1856-57.   50

349 — Lithographies et gravures de Decamps, Delacroix, Scheffer, Delaroche, Rosa Bonheur, H. Vernet, etc.   60

350 — Les quatre Saisons, dess. et lithogr. par Mlle Aimée Pagès. Jolies têtes de femmes. Coloriées.   4

351 — Gravures d'encadrement. Sujets en couleur. Œuvres de Detaille, Aimé Morot, Madrazzo, de Neuville, Adrien Moreau, G. Cain, Alonso Perez, Outin, Jean Béraud, G. Clairin, Millais, etc.   35

FESSARD (Et.)

352 — Chaire de la paroisse de St-Roch à Paris. In-fol., d'après S. Challes, 1761. Jolie pièce représentant l'archevêque Christophe de Beaumont du Repaire prêchant devant une assemblée mondaine.

FORTUNY

353 — Son Portrait, dit aux Oiseaux. — Sa fille regardant un oiseau mort. — Plage. — Enfant dans un salon japonais. — Torero Andalous, etc. Eaux-fortes in-fol. Epreuves de choix, la plupart avant la lettre.   11

FRÈRE (d'après Ed.)

354 — La leçon de tambour. — Le petit joueur de flûte. — La petite gourmande. Lithographies coloriées de Desmaisons, 1859 et 1860.   3

GAVARNI

355 — Aquarelles fac-simile, par Alf. Lemercier et Bocquin. Paris, s. d. Suite complète dans la couverture.   6

356 — Keepsake des Enfants pour 1840. Paris, Bauger. Suite complète et couverture.   12

357 — L'Ecole des Pierrots. Publication du Journal Paris. Suite complète et couverture.   10

358 — Le Carnaval à Paris. (B. 398, etc.). Belles lithogr. coloriées. Marges.   28

359 — Impressions de ménage. (B. 704, etc.) Paris, Aubert. Belles épreuves. Marges.   19

360 — Paris le matin. (B. 902-913). Suite complète, en couleur, (une pièce en noir).   12

361 — Les Partageuses. (B. 1446, etc.). Nos 11 à 30.   20

362 — Gravures et lithographies, fac-simile. — Les Parisiens. Etc.   39

363 — Balivernes. — Impressions. — Les petits mordent. — D'après nature. — Le manteau d'Arlequin, etc. Belles épreuves.   36

GÉRICAULT

364 — Le Factionnaire Suisse au Louvre (C. 14 R.). Très belle épreuve. Toute marge.

365 — The Flemish Farrier. — A French Farrier. (C. 32 et 33 R.). Très belles épreuves. Marges. Encadrées.   2

366 — Cheval hargneux muselé, attelé à une voiture de plâtrier et attaché à la porte d'une écurie. — Chevaux conduits à la foire montant une côte. (C. 80 et 81). Très belles épreuves. Grandes marges. Encadrées.   2

GERMAIN (F.)

367 — Cahier de IV Paysages dessinés par Weirotter. Suite complète. Rare.   4

368 — Etudes de Têtes sur une même planche. Petite pièce rare, dess. et gr. par Germain à Neuilly, 1778. Eau-forte. Belle épreuve.

GRANDVILLE (J.-J.)

369 — Suites de grandes lithographies sur papier teinté. Caricatures. Manque 1 pl.   9

370 — Les Métamorphoses du jour. Lithogr. coloriées.   17

GREVEDON (H.)

371 — Nimbourgeoise. — Sarde. — Milanaise. — Suissesse.
—Vénitienne.—Livonienne. Charmantes têtes de femmes.
En couleur. Grandes marges.   6

GUÉRARD (E.)

372 — La Semaine des Amours. Jolie suite de lithogr. coloriées, avec encadrement doré.   8

HENRIQUEL-DUPONT

373 — Le lieutenant-général comte Philippe *de Ségur*, 1836.
Très belle épreuve du 1er état, avant la lettre, sur chine.

HERVIER

374 — Environ de Caen. Eau-forte. Très belle épreuve sur
Japon.

HUET (d'après J.-B.)

375 — Le Désastre. Par J. Morret. En couleur. Montée en
dessin.

376 — Les quatre Saisons. Gravées par E. Voysard, et publ.
chez Janinet. Belles épreuves.   4

INSKIPP (J.).

377 — Etudes d'après nature, 1834-38. Jolies têtes de femmes.
Belles épreuves.   5

ISABEY (d'après)

378 — Le Départ. — Le Retour. Par Darcis. Pendants in-fol.
Très belles épreuves, avant toute lettre.   2

LAMY et MONNIER

379 — Voyage en Angleterre. Paris et Londres, 1830. Quatriè-
me livraison complète, avec texte et couverture.   6

380 — Voyage en Angleterre. Nᵒˢ 1, 2, 3, 5, 21, 22, 23, 24. Belles épreuves coloriées.   8

LAUTREC

381 — Sagesse. — Le petit Trottin. Etc. Lithogr. en plusieurs états. En noir et coloriées.   16

LE BAS (J -P.)

382 — Revue de la Maison du Roi au Trou d'Enfer. Grand in-fol. en larg., d'après Le Paon. Superbe épreuve du 1ᵉʳ tirage, avec les armes.

LEFORT DES YLOUSES (A.)

383 — Saint Patrick. Gravure en relief. Trois états différents. Belles épreuves.   3

384 — Le Berger et la Mer. — L'Art de la Lutte, titre. — Pêcheur portant son fils. — La Laitière Flamande. Gravures en relief, à plusieurs teintes.   5

385 — Menus. Jolies cartes en relief, teintes variées.   10

LE GRAND

386 — La Religion. — Les Leçons de la Sagesse. Pendants ovales, in-fol. En couleur. D'après Cipriani et Aug. Kauffmann.   2

LEMUD (A. de)

387 — Maître Wolframb. Grande lithographie. Très belle épreuve du 1ᵉʳ tirage. Sur Chine. Marge.

LŒILLOT

388 — Voitures de Paris. Suite numérotée, publ. chez Gihaut. Lithogr. coloriées. Marges.   12

LONG (A.)

389 — Porte de Boulogne-sur-Mer. — Le Rempart de Montreuil. Lithographies, 1815-17. Grandes marges. Rares.   2

LONGHI (d'après Pietro)

390 — Le Lever. — La Leçon de Chant. — La Leçon de Danse. In-fol. par Flipart et Bartolozzi. Belles épreuves. Marges.   3

MÉRYON (C.)

391 — Portrait de George *Sand*. Signé du monogramme. Très belle épreuve, sur Chine. Toute marge. Rare.

392 — La Pompe Notre-Dame. — Le Petit Pont. — La Tour de l'Horloge. Eaux-fortes sur Chine. De l'*Artiste*.   3

MILITAIRES

393 — *France*. Galerie Militaire, par Victor Adam. Lithographies coloriées. Belles épreuves à grandes marges.   39

394 — De Moraine. Planches pour Campagne de Russie. En noir et en couleur.   48

395 — Portraits de Généraux du 1er Empire, et Costumes publ. chez Jean. Coloriés. Quelques rares.   23

396 — Tableau de l'Armée Française. La Cavalerie. Nouvelle organisation. Grande lithogr. coloriée, de Rommer. Très belle épreuve, d'une grande fraîcheur. Marge. Rare.

397 — Lalaisse. Collection complète des Uniformes de l'Armée et de la Marine françaises. Paris, Hautecœur-Martinet. Suite des Costumes sous Louis-Philippe, classée en ordre de marche. Très belles épreuves, coloriées. En un Album in-fol.   124

398 — Scènes militaires, par Horace Vernet. — Costumes espagnols, par Clarke. Coloriés.   13

399 — *Angleterre*. On guard, off guard, guarded. Caricature publ. en 1828. Belle épreuve, coloriée.

400 — *Autriche*. Scènes militaires, par Schindler. Publ. par Artaria. Jolies pièces in-fol., coloriées. Marges.   14

401 — *Russie*. Planches par Ebner ; 1814. Suite complète. Coloriées. Toutes marges.   6

402 — Cosaques et Hussards. Aquatintes, par Alix, Jazet et Levachez, d'après Sauerweid et Carle Vernet. Grandes marges.   6

403 — Eckert. Costumes militaires de l'Empire Russe. Suite rare, avec les schéma. Couverture.   83

404 — Album militaire Russe. Lithogr. de Schmid. Suite complète. Coloriées.   12

405 — *Hollande*. Costumes militaires du Royaume de Hollande. Lithogr. de Madon. In-fol., coloriées, et titre. Rares. 25

406 — *Allemagne*. Uniformes du Grand-Duché de Brunswick. Par Eckert et Monten ; 1840. Album in-fol., avec la couverture. Lithogr. coloriées. 14

407 — Aperçu de l'Armée Prussienne : schéma. Lithogr. coloriées. 11

408 — Armée Saxonne. Lithogr. coloriées, de Schmid. In-fol., en largeur. Marges. 11

409 — Armées de Prusse et de Mecklembourg. Par Sachse, Genty, Martinet. In-fol., coloriées. 27

410 — *Divers*. Artillerie européenne. Par Moltzheim. Lithogr. coloriées de Dupuy de Metz. Marges. 27

411 — Campement des Autrichiens au Rhin, commandés par l'Archiduc Charles. — Campement des volontaires Anglois, visités par Pitt. — Campement des François en Egypte, commandés par le général Bonaparte. — Campement des Russes en Italie, commandés par le général Souworoff. In-fol., en largeur, par Novelli. Belles épreuves coloriées. 4

412 — Portraits de Généraux de la Révolution et de l'Empire. 90

MONNIER (Henry)

413 — Mœurs administratives. Paris, Delpech. Suite complète. Coloriée. Toutes marges. 6

414 — Récréations. Paris, Bauger. Suite complète. Coloriée. 6

415 — Galerie Contemporaine. Paris, Delpech. Lithogr. à la plume, coloriées. Complet. Marges. 2

416 — Théâtre des Variétés. Costumes en couleur pour *l'Espionne*. Paris, Ardit. Complet. Marges. 6

417 — Impressions de voyage. Paris, Bauger. Lithogr. à la plume, coloriées. Manque le nº I. 5

418 — Les Marionnettes. — Les Grisettes. — Des Messieurs de bonnes maisons. — Un grand personnage. — Quartier de St-Denis. — Grisettes. — Récréations. Etc. Lithogr. coloriées. Belles épreuves. Marges. 10

MUSICIENS (Portraits de)

419 — François *Couperin*, Compositeur organiste de la Chapelle du Roy. In-fol., par Flipart, 1735, d'après Bouys. Très belle épreuve.

420 — J.-M. *Le Clair*, l'aîné, de Lyon. In-fol., gravé par son frère, d'après Loir. Très belle épreuve.

421 — Christophe *Lemenu* de Saint-Philbert. Petit in-fol., par Basan, d'après Le Fèvre. Belle épreuve.

422 — J. *Pleyel*, 1er maître de chapelle de la Cathédale de Strasbourg. In-fol., par W. Nutter, d'après Hardy. Très belle épreuve. Rare.

423 — François-Xavier *Richter*, maître de chapelle de la Cathédrale de Strasbourg. Pièce ronde, gravée en 1785 par Guérin. Très belle épreuve. Rare.

424 — J.-B. *Rousseau*. Petit portrait in-12, gravé en couleur par Legrand, d'après Aved. Très belle épreuve.

425 — J.-B. *Viotti*. In-4, par H. Meyer, et in-12, ovale, en couleur.   2

426 — *Bach*, *Gluck*, *Haydn*, *Handel*, *Mozart*, représentés sur une même feuille. Grande lithogr. de Cardon, d'après Sandberg, publ. à Stockolm. Rare.

NANTEUIL (Célestin).

427 — Titres de chansons. Lithographies, la plupart sur Chine.   24

NAPOLÉON.

428 — Le général Bonaparte. In-fol., à la manière noire, par Hodges, d'après J.-F. Rusca. Belle épreuve.

429 — Bonaparte, Premier Consul, remettant son épée dans le fourreau après la paix générale. In-fol. En couleur. Par Chataignier. Dans le fond, vue des Tuileries et la foule en fête. Belle épreuve. Très rare. Marge.

430 — Voyage du Premier Consul en l'An XI (juin-août 1803), dans les départements de la Somme, Pas-de-Calais, Nord, la Lys, l'Escaut, la d'Yle, Gemmape, l'Ourt, la Roer, Bas-Rhin et autres. Le 1er Consul est reçu par la garnison. In-fol., raccom. Rare.

431 — Le Triomphe de Bonaparte. In-4 à l'eau-forte, par
Duplessis-Bertaux ; 1er état, non terminé.

432 — Bonaparte, accompagné du général Berthier, à la bataille de Marengo, au moment de la victoire. Grand in-folio,
par Cardon, d'après J. Boze. Très belle épreuve. Marge.

433 — Napoléon en manteau impérial. Grand in-fol. Par
Cazenave, d'après Vanderwal. Très belle épreuve, montée
en dessin. Encadrée.

434 — Napoléon le Grand à cheval. Dess. par Carle Vernet et
gravé par P. Simon : Frontispice des Campagnes d'Italie.
Première épreuve à l'eau-forte pure. Rare.

435 — L'Empereur à cheval. Différents portraits lithogr. par
Charlet.   3

436 — Napoléon Empereur des Français. Portrait rond autour duquel sont des médaillons contenant les portraits
de ses généraux. Lithogr. de Maurin. Rare.

437 — Vue de l'Intérieur de l'Eglise de Notre-Dame en regardant le maître-autel, le jour du Sacre de l'Empereur. In-
folio. Très belle épreuve, coloriée et dorée. Marge. Très
rare.

438 — La Reine Hortense. Lithogr. de Mauzaisse ; 1824. In-
fol. Toute marge.

439 — L'Empereur Napoléon Ier. — Le Tambour-maître de
la vieille Garde. Images coloriées destinées à être collées
sur des cerfs-volants.   2

440 — Embarquement du général Junot après la convention
de Cintra ; 1808. In-fol., par Bartolozzi, d'après H. L'Evê-
que.

441 — Combat de Dirnstein, près de Krems (maréch. Mor-
tier), 13 nov. 1805. In-fol. En couleur. Par Rugendas.
Belle épreuve.

442 — Mort du Prince Louis de Prusse, près de Saalfeld ; 10
oct. 1806. In-fol. En couleur. Par Rugendas. Marge.

443 — Bataille d'Iéna ; 14 oct. 1806. In-fol. En couleur. Par
Rugendas. Belle épreuve.

444 — Napoléon le Grand ouvre la Campagne de 1809. Grande
composition en couleur, par Rugendas. Très belle épreuve,
sans marge.

445 — Combat entre les Cuirassiers Français et les Autrichiens, à Aspern (Essling), 22 mai 1809. Grand in-fol. En couleur. Par Habermann. Belle épreuve. Marge.

446 — Bataille près d'Eggmuhl (Eckmuhl), 22 avril 1809 (maréch. Davoust). In-fol. En couleur. Par Rugendas. Très belle épreuve, sans marge.

447 — Prise de Ratisbonne (maréch. Lannes), le 3 avril 1809. In-fol. En couleur. Par Rugendas. Très belle épreuve.

448 — Entrée des Français à Moscou et Incendie de la Ville, 14 septembre 1812. In-fol. En couleur. Par Rugendas. Très belle épreuve. Avant toute lettre. Marge.

449 — Retraite de l'Armée Française de Moscou, nov. et déc. 1812. In-fol. En couleur. Par Rugendas. Très belle épreuve. Marge.

450 — Bataille de Caldiero, 1805 (Masséna). — Combat de Pulstuck, 1807 (Lannes). — Scène touchante des drapeaux du 75ᵉ de ligne retrouvés à Insprnck, 1805 (Ney). — Visite rendue à l'Empereur des Français par l'Empereur d'Allemagne, trois jours après la bataille d'Austerlitz, 1805. Images in-fol., coloriées, publ. chez Basset. Rares.
4

451 — Remise de la ville d'Ulm aux Français, 1805 (Berthier). — Entrée triomphale des Français à Vienne, 1805 (Murat et Lannes). — Bataille et prise de Burgos, 1808 (Soult). Images in-fol., coloriées, publ. chez Basset et Chereau. Rares.
3

452 — Combat du 30 Mars 1814, sur les hauteurs de St-Chaumont, où un poste d'artillerie, servi par des élèves de l'Ecole Polytechnique se battit avec acharnement et fut sauvé de la mort par le général Sokolnicki. Lithogr. in-fol. de Lasteyrie. Très belle épreuve. Marge.

453 — Paix de 1814. Estampe allégorique. Petit in-fol. En couleur. Très belle épreuve. Marge.

454 — Bataille de Tolentino, mai 1815 (Murat). Grand in-folio. En couleur. Par J.-A. Klein. Très belle épreuve, raccom.

455 — Campagnes des Français, par Duplessis-Bertaux. In-fol., avec encadrements. Toutes marges.
39

456 — La Semaine de l'Empereur (Napoléon III). Suite complète de scènes à nombreux personnages (portraits). Lithographies en couleur, avec encadrements dorés et légendes explicat., par Bargue, d'après de Montaut. In-fol. en larg.   7

NUMA (d'après)

457 — Illustrations pour la Case de l'Oncle Tom. Lithogr. in-fol., coloriées, de Régnier et Bettanier. Suite numérotée.   8

OZANNE (d'après)

458 — Port de Marseille, par J.-B. Chapuy. In-fol. Belle épreuve. En couleur.

PARIS (Ville de)

459 — Atlas topographique en XVI feuilles des Environs de Paris, par Dom G. Coutans, ex-Bénédictin, revu et augm. par Ch. Picquet. Dédié et présenté au 1er Consul Bonaparte. Paris, an 8, 1800. Seize pl. in-fol. et feuille d'assemblage.   17

460 — Vue de Paris, par M. Mérian. Pl. de Pluvinel. Petit in-fol. Belle épreuve. Marge.

461 — Vue de Paris. In-fol., par Sauerweid. Très belle épreuve. Marge.

462 — Vues de Paris, par Israel Silvestre. Suite complète numérotée, avec le titre. Belles épreuves. Marges.   25

463 — La Place Dauphine. — La Place Royale. Par Israel. Pièces dites: les 2 statues. In-12. Belles épreuves. Rares.   2

464 — Première — et IIème — Vue des Tuileries. Ovales, in-fol., en couleur. Par Janinet, d'après Durand. Très belles épreuves. Marges.   2

465 — Vüe perspective de la Place Louis XV et du Pont de de Louis XVI. In-fol., en largeur, par Duplessis-Bertaux. Très belle épreuve.

466 — Vue perspective de la Place Louis XV et des 4 Colonnades, dans l'une desquelles une compagnie offre au Gouvernement de construire à ses frais, risques et périls, la salle de l'Opéra, à des conditions qui économiseraient au moins 12 millions. Grand in-fol. Très belle épreuve. Toute marge.

467 — Veue du Monastère Royal du Val-de-Grâce. In-fol.,
par Isr. Silvestre. Très belle épreuve.

468 — Projet d'une Place pour le Roy (1er projet pour la place de la Concorde.)In-fol. par Le Canu, d'après Le Lorrain.
Marge.

469 — Vue du jardin, galeries et Palais Egalité. In-fol. par
Varin, d'après le chevalier de Lespinasse. Grande marge.

470 — Statue équestre de Louis XV, dont l'inauguration a
été faite à Paris le XX juin DCCLXIII. In-fol., par Ca-
telin et Le Rouge, d'après Moreau le jeune et Bouchardon.
Belle épreuve.

471 — Saut du Niagara, folie du jour. Dess. d'après nature
au jardin Ruggieri, rue St-Lazare. In-fol., coloriée. Toute
marge.

472 — Panorama intérieur de Paris, ou vue des Boulevards
depuis la Madeleine jusqu'à la colonne de Juillet. Suite de
lithogr. coloriées, publ. chez Aubert, et réunies en un
album in-fol. obl. cart. Très rare.

473 — Tableau et aspect général, par quartier, des mœurs et
coutumes de Paris: Scènes élégantes et populaires, cérémo-
nies, scènes et barrières, cris de la rue, costumes, etc.
Grande lithographie teintée par Provost. Marge.

474 — Vues principales de Paris. Lithogr., dess. par Jules
David, Van Mark, Noël et Victor Adam. Paris, Décroan,
s. d. In-4, dans la couvert. de publication.   30

475 — Diverses vues des Monuments de Paris, gravées et
publ. à Londres. Copies des vues en couleur de Lecampion.
Marges.   18

476 — Vues de Paris et des Monuments. Lithogr. en couleur
de Arnout, 1836-37. In-fol. Marges.   10

477 — La fête de la bonne Mère, telle qu'elle a été donnée à
Louise *Pérignon*, par ses enfants dans son jardin d'Auteuil,
le 27 août de l'an 1800, au milieu de leurs parents et amis.
In-fol. à l'aquatinte, par Berthault, d'après Bourgeois.
Belle épreuve, à toute marge.

478 — Vues de Paris, par Silvestre, Perelle, Génillion, Tessier,
Martens, etc.   20

479 — Vues des environs de Paris : Moulins de St-Brice. — Hauteurs de Passy. — Ferme près Montrouge. — Prieuré de St-Philibert. In-fol. En couleur. Par Lefèvre-Marchand. Belles épreuves. Marges.   6

PROUT (S.)

480 — Lillebonne. — Jumièges. — Jumielles. — Vues prises en Normandie. Lithogr. in-fol. de Hullmandel. Marges. 3

RAFFET

481 — Souvenirs d'Italie. Expédition de Rome, 1849. Album dédié au Prince Anatole de Demidoff. Paris, Gihaut, 1852. Suite de 36 lithogr. dont nous ne possédons que 25. Manquent les nos 8, 9, 10, 12, 13, 14, 15, 17, 20, 22, 23. Très belles épreuves sur Chine. Couvertures.   25

482 — Costumes militaires de la Garde Royale. Très belles épreuves, coloriées. Rares.   31

483 — Bonaparte, général en chef de l'armée d'Egypte. — L'inspection. — Attention ! l'Empereur a l'œil sur nous. — 1807. — Vive l'Empereur ! Belles épreuves.   5

484 — Le Réveil. — La Revue nocturne. — Un Chasseur de la Garde. — Les Tombeaux de Juillet. Belles épreuves. 4

484 — La dernière Charrette. — A ce jeu-là, on n'attrape que des coups ! — Il est défendu de fumer. — Dernière charge des lanciers rouges à Waterloo. — Charge de hussards républicains. — Vive la République ! Etc. Pièces d'Albums. Belles épreuves.   37

RAMBERG (d'après J.-H.)

486 — Sorrows of Werter. Ovale, in-folio. Par Bartolozzi. Belle épreuve.

487 — Séparation de la Reine Marie-Antoinette et de sa Famille, 1793. Ovale, in-folio. Par J. F. Polt. Très belle épreuve.

ROPS (F.)

488 — Un Monsieur et une Dame (Aurélien Scholl et Marie Colombier). Lithogr. originale sur Chine. Très belle épreuve, raccom. Rare.

SCHALL (d'après F.).

489 — L'Elisée. — Le premier mouvement de la Nature. In-fol., par Le Grand. Belles épreuves. En couleur. 2

STELLA (Ant. B.).

490 — L'Entrée de l'Empereur Sigismond à Mantoue. D'après Jules Romain ; 1675. Suite complète, 1er état, avant les armes de Colbert. 25

STRADAN (d'après J.).

491 — Vermis sericus. Suite complète de gravures au burin par C. de Mallery, avec l'adresse de L. Renard. In-fol. obl. Belles épreuves à grandes marges. 6

Curieuse collection dédiée au duc Raph. de Médicis et intéressant l'industrie du ver à soie au XVIe siècle.

TÉNIERS (d'après D.).

492 — Les Accords Flamands. — Le lendemain des Noces. Pendants in-fol., par Martiny et Le Bas, 1775. Belles épreuves du 1er tirage, avec les armes. 2

TOUVENIN.

493 — L'Amour enchaîné par les Grâces. — Les Grâces enchaînées par l'Amour. Pendants in-fol. Belles épreuves. 2

VERNET (Horace).

494 — La Vie d'un soldat. Histoire de Jean Grivet. Suite complète de lithographies in-fol., avant toute lettre. 5

VOLTAIRE

495 — M. de Voltaire représenté assis dans son cabinet et travaillant. In-fol., à la manière noire, par Copette ; et au burin par Desmarets. Belles épreuves. 2

496 — Portraits de Voltaire et Scènes relatives à sa vie. Pièces rares et curieuses. 17

WESTALL (d'après R.)

497 — The Birds Nest. — Innocent Revenge. Pendants in-fol. par Zaffonato. Marges. 2

WILLE (d'après P.-A)

498 — La petite Javotte. — La mère Brigide. Pendants in-4,
par Muller, 1772.   **2**

499 — Sous ce nº il sera vendu quelques *lots* d'estampes non
cataloguées : Documents divers provenant des portefeuilles
d'un artiste.

Troisième Vacation

Collection C. de S.

ADRESSES, BILLETS D'INVITATION, EX-LIBRIS.

500 — Manufacture de Cardes, à Liancourt (Oise), avec vue.
— A l'Enseigne des belles estampes. Demortain. Adresse
spéciale faite pour la publication des « plans, profils et
élévations du château de Versailles »   **2**

501 — Aux deux Gastronomes. Sujet tiré des estampes de
C. Vernet et Debucourt. Belle épreuve.

502 — Deux très curieuses pièces, représentant chacune un
atelier d'armurier à Paris, sous Louis XIII, et contenant
dans les ornements qui entourent le principal sujet le
nom de tous les armuriers célèbres de cette époque. Très
belles épreuves. Rares.

503 — A l'Image Notre-Dame. — A Sainte Geneviève : Jol-
livet, marchand papetier. Adresses différentes du même
marchand. Belles épreuves.   **4**

504 — Aux Armes de France et de Navarre. Latijeau, mar-
chand papetier. — A la Teste noire. Larcher, papetier des
Fermes du Roi. — A l'Ordre du Saint-Esprit. La Chapelle,
marchand papetier privilégié de la Cour de S. M. — Aux
Trois Roys. Chassonneris, fabricant de cartes à jouer. —
Aux Armes de France. 1677. Belles épreuves.   **5**

505 — Coëffure à l'Espoir. Adresse de Depain, rue St-Honoré.
Petit in-folio. Coloriée. Belle épreuve.

506 — Aux Talens réunis. Glorioso, artiste coiffeur, accommode le beau sexe et son épouse tient pommade liquide et en bâton en gros. Petit in-folio. Coloriée. Rare.

507 — Salle d'Exhibition de J. Isabey, à Londres, 1820. Petit in-folio, à l'aqua-tinte, par Bennett, d'après J. Isabey. Très belle épreuve. En couleur.

508 — Messieurs Morgan et Sanders, à Londres ; 1809. — Intérieur du salon de Vente de M. Fichel, marchand de Cachemires, à Paris. — Aubert, éditeur. Etc. En noir et en couleur. 4

509 — Humphrey, printseller and publisher. — P. Roberts, publisher. Curieuses adresses-caricatures où les deux éditeurs se sont fait portraicturer. In-folio, coloriées. Rares. 2

510 — Plaisir, coëffeur, rue de Richelieu, 108. — Le Tivoli Français. — Franconi. — Au Singe violet. Biennais, marchand tabletier et évantailliste. — Garcin, maître de patinage. Titre de son livre : Le Vrai patinage. En noir et coloriées. 5

511 — Bulletin de souscription à *Paris et ses monuments*, par Baltard. Accompagné du frontispice. — Goujon, marchand de cartes géographiques. — J. Balfours, Coffeehouse à Edinbourg, 1752. — Mind, dit Katzmind, le peintre de chats. — A l'Espérance. Etc. Adresses curieuses. 13

512 — Coach and Horses. Russel and C⁰., Exeter. — Le Ménestrel, Journal de Chant. — Titre de : L'Art d'écrire, par Le Parmentier. Etc. Belles épreuves. 13

513 — Adresses d'Armuriers et Horlogers, vers le milieu du XIXᵉ siècle. Lithogr. en noir, dorées et en camaïeu. 32

514 — Adresses de Fabricants de pianos, Professeurs de musique et de danse, Violonistes. Curieuses adresses de la 1ʳᵉ moitié du siècle. Lithog. en noir et teintées. 18

515 — Brevet de l'Ordre Royal de la Légion d'honneur. — Certificat de franc-maçon. A Paris, chez Brun. In-fol., parchemins. 2

516 — Tickets de théâtre et autres. Gravures sur bois. 17

517 — Encadrement pour un Almanach républicain de 1799, et Cartouches ou Adresses avant la lettre richement ornementés. Belles épreuves. 4

518 — Tickets d'entrée pour les Expériences aérostatiques de Lunardi. Curieuses cartes « à ballons », portant le monogramme ou la signature de Vincent Lunardi. Très rares. 5

519 — Répertoire des spectacles de la Cour à Fontainebleau, par Martinet. Pièce dessinée en 1763, par A. de Saint-Aubin, pour Slodtz, alors dessinateur des menus Belle épreuve, avec les inscriptions typographiques donnant le titre des pièces qui ont été représentées du mardi 10 octobre au mardi 7 novembre 1769.

520 — Répertoire pour les spectacles de la Cour à Fontainebleau. Belle et curieuse épreuve avec les inscriptions typographiques, dans l'intérieur du cadre, donnant les titres des pièces qui ont été jouées du mardi 10 octobre au lundi 13 novembre 1786.

521 — Concert Room, King's Theatre, Hay Market. Billet d'entrée pour le concert donné le 4 mai 1798, avec la signature aut. du musicien Samuel Arnold. Petit in-fol., par Bartolozzi.

522 — Billets d'entrée par Bartolozzi à des concerts donnés pour le bénéfice de Tenducci, Salpietro, 1785, etc. — Billet de bal du New Club, 24 février 1775. Etc. 6

523 — Thâtre Français à Strasbourg, Affiches des représentations des 1er et 2 janvier 1809. Bonne conservation. 2

524 — Ex-libris de la Bibliothèque de Mme la Dauphine. Ch. Eisen inv., sculp., 1770. In-8, très belle épreuve. Fort rare.

525 — Ex-libris de Madame la Comtesse de Rochechouart, avec attributs et armoiriès. Belle épreuve.

526 — Ex-libis Boileux. Malbeste fécit. Belle épreuve.

527 — Ex-libris J.-B. Descamps, par Le Mire. — N.-J. Baudelot de Rouvray, par Corlet. — Louis de Givenchy, par Loreau de St-Omer. — Benoît Bieswal, par Vacheron, 1769. — D'Auxy (Somme), par Heylbrouck. — Ex-libris armorié, par Choffard. 6

528 — Ex-libris Cochet. — Maton de La Varenne. — Desains. — Lannoy de Clervaux. — Butkowsky. — Vernimen. — Dutertre. — De Fortia. — De Henin de Cuvillers. — Richard d'Aubigny. — Abbé Mignot. — De La Maillardière. — De Warenghien de Fleury. — Henry de la Trémoïlle. Lorédans. — Perrot. — De Rochechouart de Mortemart. De Carbon. 18

529 — Ex-libris Bullier. — Barbaro. — Fouquet. — De Nico-
lay. — Hasselaer. — De Merlet. — Du Rosnel. — Marquis
d'Entragues. — De Leuvnigh (5 différents).   14

530 — Armoiries Allemandes sur vélin. Miniatures des XVIIe
et XVIIIe siècles.   3

531 — Armoiries et Emblèmes. Dessins pour ex-libris. A la
plume et à l'aquarelle.   25

532 — Ex-libris français et étrangers réunis en un album
in-4, demi-reliure.   120

533 — Bons de 25, 50, 100 et 500 Livres de l'Armée catholique
et royale de Bretagne, remboursables au Trésor Royal.
Curieuses pièces avec le portrait de Louis XVII. Rares. 4

534 — Promesse de mandat territorial. — Billet de la loterie
nationale, an III. — Assignats, etc.   17

535 — Billets de confiance, Bons et Mandats des municipalités
de St-Jean la Fouillouze, Cujoul, Hangest (Somme),
Roanne, Avignon, Grenoble, Valenciennes, Arles, Orléans,
Toulon, Vassy, La Côte-St-André, St-Nicolas de la Grave,
Marseille. Quelques reprod. Rares.   21

ANONYME

536 — La Gouvernante discrette. — Le Mari indiscret. Pièces
rondes, grivoises. Très belles épreuves en couleur. Rares. 2

BARTOLOZZI (F.)

537 — A St-James's Beauty. — A St-Giles's Beauty. Pendants
petit in-fol., ovales, d'après Benwel. Tirages postérieurs.
Belles épreuves. En couleur. Encadrées.   2

538 — Cérès. — Pomona. Pendants de forme ronde d'après
Cipriani. Belles épreuves. Encadrées.   2

539 — Spring. — Summer. Pendants in-8, d'après Westal.
Belles épreuves. Encadrées.   2

540 — Angélique et Médor. — Hercule présenté à Jupiter et
Junon. — Minerve et les Muses. — Triomphe de la Beauté. — Le Sacrifice à Cupidon. In-fol., d'après Cipriani. En
noir et en couleur. Belles épreuves. Marges.   5

BAUDOUIN (d'après P.-A.)

541 — Le Carquois épuisé. Par N. de Launay. In-fol. Superbe épreuve. Marge.

BOILLY (d'après L.)

542 — La Serinette. Par Honoré. Très belle épreuve, avant la lettre.

543 — L'Optique. Par Cazenave. In-folio. Très belle épreuve. Imprimée en couleur. Remmargée sur les côtés. Encadrée.

Cette rare estampe montre le portrait de Louise-Sébastienne *Gély*, seconde femme de Danton L'enfant qui y est représenté est représenté est du premier mariage du célèbre révolutionnaire.

544 — On la tire aujourd'hui. Par Tresca. Très belle épreuve. En couleur. Avant la lettre.

545 — La douce Impression de l'Harmonie. — Suite de la douce Impression de l'Harmonie. Pendants in-fol., gravés par F.-J. Wolff. Superbes épreuves. Imprimées en couleur. Marges.   2

546 — Prélude de Nina. Par Chaponnier. In-folio. Belle épr. Restaur. Marge.

547 — S'il vous plaît. Par Testard. In-fol. Très belle épreuve. Rare.

548 — Il dort. Par Texier. In-fol. Très belle épreuve.

549 — Première — et IIᵉ — Scène de voleurs. Pendants in-folio. Par Gror. Très belles épreuves. En couleur.   2

BOILLY (L.)

LITHOGRAPHIES.

550 — C'est ma bonne maman. — Embrasse-moi, ma sœur. Lithographies coloriées ; 1825. Très belles épreuves. Toutes marges.   2

551 — Les Jouets du Jour de l'An ; 1824. Lithographie en couleur, de Constans. Très belle épreuve sur chine. Marge.

552 — Les Déménagements ; 1826. Superbe épreuve, coloriée. Toute marge. Raccom.

553 — Réjouissance publique ; 1823. In-folio. Très belle épreuve. Coloriée.

554 — Le Cabaret. Lithogr. de Villain. In-folio. Très belle épreuve. Coloriée. Marge. Restaur.

555 — Le Jeu de Tonneau. Lithogr. de Villain. Très belle épreuve. Coloriée. Marge.

556 — Le Jeu de Billard. In-folio. Très belle épreuve, coloriée. Grande marge.

557 — Le Jeu de l'Ecarté. Lithog. de Villain. Très belle épreuve. Coloriée. Marge.

558 — L'Economie politique, ou La Lecture du Journal ; 1829. Lithogr. coloriée. Très belle épreuve. Marge.

BONNET (L.)

559 — Jeunes filles en buste, avec bonnets. Médaillons in-fol. d'après Le Clerc, faisant pendants. Très belles épreuves à la sanguine. 2

BONNET (A Paris chez)

560 — Les Raisins. — Les Rosiers. Petites pièces rondes, grivoises. Très belles épreuves. En couleur. 2

BOUCHER (F.)

561 — Un Jardinier agenouillé aux pieds d'une Bergère. D'après Watteau. (G. 540). Très belle épreuve, à toute marge.

Etude terminée pour le tableau du *Galand Jardinier.*

562 — Buste de femme, un fil de perles au cou, un ruban dans les cheveux, un fichu noué sur la gorge. D'après Watteau. (G. 614). Très belle épreuve de cette charmante pièce. Toute marge.

Etude avec changement pour la femme qui tient un petit chien dans le tableau du Musée de Dresde: Groupe de Messieurs et de Dames réunis sur une terrasse.

563 — Buste de femme encapuchonnée dans une mante, les deux mains posées sur un rebord de pierre. D'après Watteau. (G. 630). Très belle épreuve de cette pièce agréable. Toute marge.

BOUCHER (d'après F.)

564 — Le Réveil de Vénus. Par L. Bonnet. In-fol., aux trois crayons. Superbe épreuve avec marge.

BYRON (d'après F.-G.)

565 — Diana old boy, par J. Pettit. In-4, en couleur. Très belle épreuve. Rare.

CANOT (d'après Ph.)

566 — Le Maître de Danse. Par Le Bas ; 1745. In-fol. Très belle épreuve. Avec la 1re adresse. Marge.

CARINGTON BOWLES

567 — Deceitful Kisses, or the Pretty Plunderers. Petit in-folio. En couleur. Très belle épreuve.

CHAPONNIER.

568 — The officious Waiting Woman. D'après Challe. In-fol. Très belle épreuve.

CHEVAUX (d'après)

569 — L'Oiseau chéri. — L'Aimable Sollicitation. Pendants ovales, in-8, par Pilon et Legrand. En couleur.   2

CHODOWIECKI (D.)

570 — Cabinet d'un Peintre ; 1771. Intérieur de l'atelier de l'artiste. In-4. Très belle preuve.

571 — Les Effets de la Sensibilité sur les quatre différens Tempéramens. — Les cinq Sens caractérisés par divers Amusements d'une société de personnes des deux sexes. Pendants petit in-4. Trèsbelles épreuves. Rares.   2

572 — The Family of a Connoisseur. La famille de l'artiste. In-4, à la manière noire, par J.-P. Haid. Belle épreuve.

CIPRIANI (d'après)

573 — Ne dérangez pas le monde. Par Bartolonii. Ovale In-folio. Très belle et rare épreuve, imprimée en couleur. Marge.

COSTUMES ET COIFFURES

574 — Les quatre Heures du Jour. — Les cinq Sens. — La
Nourrice. - La belle Champenoise. Gravures de Moncornet. Belles épreuves, à grandes marges.   11

575 — La Mode des Habits et Vestementz des Femmes de
diverses Nations. Suite complète de 24 médaillons à deux
sur la feuille, publ. par Van Lochon. Très belles épreuves.
Rares.   12

576 — La Dame à sa toilette. — La Dame au clavecin. Pendants in-fol., publ. par Le Blond. Estampes fort curieuses
pour la mode sous Louis XIII.

577 — Assemblage nouveau dés Manouvriés habillés. Recueil
de 192 Costumes de Métiers, gravés par J.-J. Stelzer, et
publ. par Engelbrecht. (Manquent les nos 129 et 130. —
Déchirures aux nos 116 et 185). Très belles épreuves, coloriées et dorées. Album excessivement rare de la fin du
XVIIᵉ siècle. Petit in-folio, demi-reliure.

578 — Divers Costumes François du règne de Louis XIV, par
S. Le Clerc. Suite complète, numérotée, avec le titre en
blanc. In-12. A Paris, chez Jeaurat. Marges.   20

579 — Figures de Modes dessinées et gravées à l'eau-forte par
Watteau, et terminées au burin par Thomassin le fils. (G.
738 à 743 et R. D. 1 à 7). Suite complète. Petit in-8. Très
belles épreuves. Marges.   12

580 — Figures Françoises et Comiques, nouvellement inventées par M. Watteau. Se vendent à Paris, chez le sieur Du
Change et chez Jeaurat (G. 743 à 751). Petit in-8, par
Cochin, Desplaces et Tomassin. Très belles épreuves. Suite
complète.   8

581 — Diverses modes dessinées d'après nature par B. Picart.
Paris, s. d. Suite complète. Petit in-8. Belles épreuves.
Marges.   20

582 — Figures Françoises, nouvellement inventées par Octa-
vien et retouchées par Fonbonne. A Paris, chez L. Suru-
gue ; 1725. In-8. Suite complète, sans titre. (Le Bl. 1 à 5).
Belles épreuves.   4

583 — Histoire du Théâtre Italien, par Riccoboni. In-8.
Costumes par Joullain. Suite complète.   18

584 — Les Saisons. Par G. Valck. In-fol., à la manière noire. Belles épreuves.   4

585 — Costumes d'hommes dessinés par Gravelot, et gravés par Truchy. Londres, 1744. In-folio, suite complète. Toutes marges.   6

586 — La Belle Sophie en chemisette du matin, faisant un tour. — Mᵉˡˡᵉ Tontiche en rodingotte angloise à la mode se promène au Jardin Royal. — La Ladie Françoise. — La brillante Rosalie regarde la bordure qui doit servir pour encadrer le portrait de son amant. A Paris, chez Basset. In-fol. Coloriées.   4

587 — Petits Costumes de Modes, par Chodowiecki, pour illustrer un Almanach du XVIIIᵉ siècle. Suite complète. 12

588 — Recherches sur les Costumes et sur les Théâtres de toutes les Nations, tant anciennes que modernes. In-4, par Alix, d'après Chéry. Belles épreuves, imprimées en couleur. 32

589 — Merveilleuses. Nᵒˢ 2, 11, 22, 24, 29. Très belles épreuves, coloriées. Toutes marges.   5

590 — Le Lorgnon. — La Ceinture — La Boucle d'oreille. Lithogr. in-fol., coloriées, de Philipon et Jullien. Toutes marges.   3

591 — Portraits de Femmes intéressants pour les Costumes et surtout les Coiffures. Gravures in-8, du XVIIIᵉ siècle. Série curieuse.   18

592 — Characters of Shakespeare. Ovales in-fol., publ. en 1775. Marges.   6

593 — Nouveaux Travestissements, par Gavarni et Devéria. Lithographies in-4 de Lemercier et Frey. Suite numérotée. Coloriées.   12

594 — Costumes Suisses. Portraits de femmes en médaillons, gravés au trait et coloriés. In-4.   11

595 — Costumi di Torino, diseg. ed incisi dal sign. Gallina. Turin, 1834. In-4, coloriés et dorés. Suite complète avec la couverture.   12

596 — Roman Costumes, by Pinelli and Hullmandel. Londres, 1820. Suite complète de Lithogr. in-fol., avec le titre.   7

597 — Costumes des Provinces d'Espagne. In-4, coloriés. Marges.   12

598 — Costumes de Modes modernes In-fol., coloriés.   **140**

COSWAY (R) et PLIMER (A) (d'après).

599 — The Fair Stepmother (Ladies of the *Loftus* family). — The Charming Sisters (Ladies of the *Rushout* family). Pendants in-fol., gravés par E Stodart. Ravissantes pièces en couleur. Très belles épreuves. Encadrées.   **2**

DAGOTI (Gautier)

600 — Marie-Antoinette Reine de France. Grand in-fol., à la manière noire.

> La Reine est représentée en pied, grand costume de cour, vue de face, cheveux relevés, ornés de perles qui retombent avec les boucles sur les épaules, toque à plume fixée par une aigrette de diamants. La main droite posée sur une mappemonde qui est sur une table à gauche recouverte d'un riche tapis. Estampe de la plus grande rareté, non décrite dans l'ouvrage de Lord Gover : Iconogr. de M. Ant. Manque de conservation.

DAUDET (A Paris et à Lyon chez.)

601 — Pastorales. Jolis sujets coloriés pour paravents. In-fol., faisant pendants. Rares.   **2 fr.**

DEBUCOURT (P.-L.)

602 — Modes et Manières. No 5. *C'est en vain*. In-8. Très belle épreuve. En couleur.

603 — No 13. *Il va l'apaiser*. In-8. En couleur. Très belle épreuve. Sans marge.

604 — No 14. *La Phrase changée*. In-8. En couleur. Très belle épreuve. Marge.

605 — La Coquette et ses filles, ou une Mère à la mode ; 1803, In-fol. Superbe épreuve, avec toute sa marge.

606 — Les Petits Messieurs, ou les Adolescens à la Mode ; 1804. In-fol. Superbe épreuve, avec toute sa marge. Restaur.

607 — Les Courses du matin, ou la Porte d'un Riche ; 1805. In-fol. en larg. Très belle épreuve.

608 — Exercice de Franconi. N° I. D'après C. Vernet. In-fol. Très belle épreuve. Marge.

609 — Chasseur égaré. D'après C. Vernet. Grand in-folio. Superbe épreuve. Doublée. Marge.

610 — Cheval effrayé par la foudre, d'après C. Vernet. Grand in-fol. Très belle épreuve. Restaur. Marge.

611 — Intérieur d'une salle à manger. D'après Droling. In-fol. Belle épreuve, avant toute lettre.

612 — Intérieur d'une salle à manger. — Intéreur d'une cuisine. Pendants in-fol., d'après Droling. Très belles épreuves. Marges.

613 — René Juste Hauy, Professeur au Muséum d'Histoire naturelle. D'après Vangorp. In-fol. Belle épreuve. Marge.

614 — *Chenard*, basse-taille et violoncelle. Buste ovale à claire-voie. In-fol. Très belle épreuve, à grande marge. Fort rare.

615 — Vue prise dans les environs d'Ecouen. In-fol., en larg. Belle épreuve. Marge.

616 — L'Ecole en désordre, d'après Richeter. — La Récréation. Pendants in-folio. Très belles épreuves, à toutes marges.

617 — Barrière des Champs-Elisées. In-folio. Très belle épr. En couleur. Toute marge.

618 — Barrière de Bercy. In-folio, d'après Palaiseau. En couleur. Très belle épreuve. Toute marge.

619 — Barrière de Charenton. In-fol., d'après Palaiseau. En couleur. Très belle épreuve. Toute marge.

DEBUCOURT (d'après P. L.)

620 — L'Heureuse Famille. In-fol., par Robinson. Très belle épreuve.

DESCOURTIS

621 — Histoire de Paul et Virginie. D'après Schall. In-folio. En couleur, suite complète.   6

ECOLE ANGLAISE

622 — Hamlet. En couleur. D'après Hamilton. — Hébé. — Petite Blanchisseuse. D'après Westall. — Les Heures de la Nuit. Etc. 10

FRAGONARD (d'après)

623 — La Culbute. Par Charpentier. In-fol., à l'aquatinte. Très belle épreuve. Marge.

FREUDEBERG (d'après S.)

624 — La Balanceuse. — Le Retour des Champs. Pendants petit in-fol. En couleur. Par Carrée. Très belles épreuves. Rares. 2

GUYOT

625 — La Tour du Temple. Pièce ronde. Petit in-4. Imprimée en couleur avant toute lettre. Manque souvent à la suite de Lecampion. Rare.

HUET (d'après J.-B.)

626 — Le Printemps, par Liger et Bonnet. In-4, aux deux crayons. Très belle épreuve. Marge.

627 — L'Hiver, par Duruisseau. In-4, aux deux crayons. Très belle épreuve. Marge.

HUYSUM (d'après Van)

628 — A Flower Piece. — A Fruit Piece. Pendants in-fol., par Earlom. Très belles et rares épreuves, en couleur. 2

JANINET (F.)

629 — Le Sommeil d'Ariane. D'après Charlier. In-fol., de forme ronde. Très belle épreuve, imprimée en couleur. Restaur.

630 — L'Opérateur. Petite pièce ovale, d'après Benazech. Très belle épreuve, imprimée en couleur. Marge. Rare.

631 — Vénus sur un dauphin. Ovale. In-12, d'après Charlier. En couleur. Belle épreuve.

632 — Femme nue couchée. — Femme au bain. Petites pièces de forme ronde, pour boutons. Très belles épreuves, imprimées en couleur. Montées en dessins. 2

JOSI (C.)

633 — Hoche, mort à Wetzlar le 19 sept. 1797, âgé de 30 ans. Très belle épreuve, en couleur. Marge.

JOUBERT (à Paris chez)

634 — La Récompense. Petite pièce in-12, de forme ovale. Très belle épreuve, imprimée en couleur.

KAUFFMANN (d'après Aug.)

635 — Nymphe. In-fol., ovale, par Jenkins. Londres, 1781. Très belle épreuve, en couleur.

636 — Cupid and Ganymède. — A Flower painted by Varelst, from Prior. Pendants in-fol., en bistre, par Th. Burke. Belles épreuves. Toutes marges.   2

LANCRET   (d'après)

637 — Le Faucon. — La Servante justifiée. In-fol., par de Larmessin. Belles épreuves avant l'adresse de Buldet. Marges.   2

638 — Dites donc s'il vous plaît. D'après Fragonard. In-folio. Très belle épreuve, avant la dédicace.

639 — La Félicité Villageoise. D'après Freudeberg. In-fol. Très belle épreuve, avant la dédicace.

640 — L'Enfant chéri. D'après Le Prince. In-folio. Très belle épreuve, avant la dédicace.

641 — Le Bonheur du Ménage. D'après Le Prince. In-folio. Très belle épreuve, avant la dédicace.

LAVREINCE   (d'après)

642 — Le Déjeuner Anglais (B. 17). — La Leçon interrompue. (B. 35). Pendants in-fol., par Vidal. Belles épreuves.   2

643 — Le Roman dangereux. In-folio. Par Helman (B. 56). Belle épreuve.

644 — Valmont and Emilie (B. 62). Ovale, in-folio. Par Romain Girard. Très belle épreuve, imprimée en couleur.

645 — The Green Plot. — The Grove. Jolies pièces, très galantes, faisant pendants. Belles épreuves. Petites marges.

LE PEINTRE (d'après C.)

646 — La Cage symbolique. Par Fessard. In-fol. Très belle épreuve. Jolie pièce où sont représentés Louis-Philippe enfant, Mme Adélaïde sa sœur, et leur gouvernante Mme de Genlis.

647 — Le duc de Chartres, son épouse et leurs enfants (Louis Philippe Egalité et sa famille) gravés par A. de Saint-Aubin et Helman, en 1779. In-fol. Belle épreuve.

MADAN (d'après M.)

648 — The affectionate Bellows Mender. In-4, publ. à Londres en 1788. Jolie pièce, coloriée. Rare.

MAITRE ANONYME FRANÇAIS
DU XVIIIᵉ SIÈCLE.

649 — Madame la Duchesse de *Polignac* assise à une table et brodant ; devant elle sont les Enfants de France, Mgr le Dauphin et Madame, dévidant un écheveau de soie. — La Reine *Marie-Antoinette* assise dans sa prison et brodant ; un amour lui apporte un sachet qu'il tient par un ruban. 2

Deux médaillons de la plus fine exécution, entourés de guirlandes, formées de rubans et de fleurs, et imprimés sur deux morceaux de satin blanc.

Ces deux estampes sont DE LA PLUS GRANDE RARETÉ. Les épreuves sont de toute beauté, d'une grande fraîcheur et bien conservées.

MIXELLE (J.-M.)

650 — Le Bouquet déchiré. Très belle épreuve, imprimée en couleur. Rare.

651 — L'Heureuse Rencontre. Très belle épreuve, imprimée en couleur. Sans marge.

652 — Le Nid. — La Cage. Jolies petites pièces pour boutons. Belles épreuves, imprimées en couleur. Montées en dessins.

2

653 — Vue du Château de Bourbon l'Archambault. — Château de Liencourt. — Prieuré de Croissy. Petit in-fol., d'après J.-B. Huet. Très belles épreuves, en couleur. Toutes marges.

3

MORANGE

654 — L'Amour et l'Amitié. — La Vertu lui rend hommage.
In-fol., en couleur. Marges.   2

MORLAND (d'après G.)

655 — A Visit to the Child at Nurse. In-fol., à la manière
par Ward ; 1788. Très belle épreuve du 1er état, avec la
lettre ouverte. Remmargée sur les côtés. Encadrée.

656 — Gipsies. — The Barn Door. Pendants. In-fol., par W.
Ward. Second tirage. Très belles épreuves. En couleur. 2

MORRET (J.-B.)

657 — L'Hermite du Colisée. — La Religieuse en prière.
Pendants in-fol., d'après Robert. Très belles épreuves. En
couleur. La seconde est avant toute lettre et rare.   2

OPIZ (G.)

658 — La Danse de la Pentecôte. Lithogr. in-fol., coloriée,
publ. à Leipzig. Marge. Rare.

PAPAVOINE (Mlle)

659 — Le Passe-passe. D'après Imbert. Petit in-fol., teintée.
Marge.

PETITOT (d'après les émaux de)

660 — Portraits de Personnages historiques et Femmes célèbres
du siècle de Louis XIV, gravés au burin par M.-L. Ceroni.
In-4.   18

REYNOLD (d'après sir J.)

661 — The Reverie. Par Cheesmann. Petit in-fol. Joli portrait
de femme, en chapeau. Belle épreuve. Encadrée.

ROMNEY (d'après G.)

662 — Serena. In-fol., par J. Jones. Tirage postérieur. Très
belle épreuve, en couleur. Encadrée.

RUOTTE (L.-C.)

663 — Lavinia. Petit in-fol. En couleur. Montée en dessin.
Encadrée.

664 — Bouquets de Fleurs. D'après Fréret. In-folio. Belles
épreuves en couleur. 4

SABLET (d'après J.-F.)

665 — Joseph-Agricol *Viala*. Par P.-M. Alix. Petit in-fol. En
couleur.

SAINT-AUBIN (Gabriel de)

666 — Vignettes pour la tragédie de Tancréde. (P. de B., 35,
36). In-12. Belles épreuves. 2

SÉLIS (à Paris chez)

667 — Les petits Comédiens. Trois Cahiers contenant chacun
six feuilles pour Écrans. La 1re feuille de chaque cahier
présente une scène de Comédie ; la dernière renferme le
texte, et les quatre autres sont les encadrements. Très
belles épreuves, à toutes marges. 18
Cette suite, dédiée à la Reine, est fort belle et *excessivement
rare* à trouver complète et en aussi parfaite condition.

SERGENT

668 — Marie-Thérèse-Charlotte de France, fille du roi Louis
XVI. — Charles-Louis, archiduc d'Autriche, feld-maréchal
des armées impériales. Pendants petit in-folio, en couleur.
Très belles épreuves. 2

SERGENT (d'après)

669 — Ire vue de Trianon du côté du canal. In-fol., par L.
Guyot. Très belle épreuve en couleur. Toute marge.

SINGLETON (d'après)

670 — Going to Market. Par J.-P. Lévilly. In-fol. Très belle
épreuve. En couleur.

SMITH (J.-R.)

671 — A Conversation. — Peassant and pigs. Pendants in-fol.,
d'après G. Morland. Second tirage. Belles épreuves. En
couleur. 2

TÉTELIN (d'après L.)

672 — Jeux d'Enfants. In-fol. Par Ferdinand et Mosin. Suite
complète. Marges. 6

TOMKINS (P.-W.)

673 — Jeux innocents. D'après Bartolozzi. Ovale, in-fol. Belle épreuve, en bistre. Encadrée.

VANGELISTY

674 — Vénus et Adonis. Ovale. Petit in-folio. En couleur. Belle épreuve.

675 — La Toilette de Vénus. Ovale. Petit in-folio. En couleur. Belle épreuve.

WATTEAU (d'après Ant.)

676 — Diane au bain. In-fol., par Aveline. Très belle épreuve. Grande marge.

677 — Femme en pied, dans une attitude de danse. (G. 349). In-fol., par B. Très belle épreuve. Toute marge.

678 — Tête Gille (C. 486). — Profil de femme (G. 487). Deux pièces imprimées sur la même feuille. Très belle épreuve. Toute marge.

679 — Femme assise à sa toilette, tignonnant ses cheveux devant un abbé. (G. 641). Sans nom de graveur. In-folio. Très belle épreuve. Toute marge.
   Ravissante pièce.

680 — Costumes d'Hommes et de Femmes (G. 653 à 656 et 686 à 689). Quatre sujets sur la feuille, gravés par Jean Audran. Etudes pour les Figures de Modes. Très belles épreuves à toutes marges.　　　　2

WHEATLEY (d'après F.)

681 — Juvenile Rebuctance. — Juvenile Opposition. Pendants in-fol., par J. Alais. Second tirage. Très belles épreuves. En couleur.　　　　2

PORTRAITS DE FEMMES DE LA SOCIÉTÉ

682 — *Angoulême* (Mme la Duchesse d'). Lithogr. in-4, d'Isabey. Très belle épreuve, coloriée ; avec le cachet. Marge.

683 — *Auretti* (Mlle), représentée dansant. In-fol., à la manière noire, par Amicona. Très belle épreuve. Marge.

684 — *Billington* (Mrs), dans le rôle de Ste-Cécile. In-8, par Cardon, d'après Sir J. Reynolds; 1812. Très belle épreuve. En couleur.

685 — *Bingham* (The Honourable Miss). In-4, par Bonnefoy, d'après Sir J. Reynolds. Très belle épreuve en bistre. Toute marge.

686 — *Blachet* (Geneviève), peintre, née à Magny. In-fol., à la manière noire, par Catherine Duchesne, d'après Santerre. Marge.

687 — *Bourbon* (Isabelle de), Reine d'Espagne. Portrait équestre in-fol., par F. Goya, d'après Vélasquez. Très belle épreuve.

688 — *Bourbon-Conty* (Louise-Henriette de), duchesse d'Orléans. In-fol., par Petit, d'après Pottier. Très belle épreuve. Marge.

689 — *Brachet* (Mme). In-fol., sans noms d'artistes. Très belle épreuve.

690 — *Briquet* (Fortuné), par Gaucher. — *Sophie* (de Monnier), maîtresse de Mirabeau, par Delignon. — Marie Chamand, comtesse de *La Valette*, d'après Isabey. In-8. Belles épreuves.   3

691 — *Bury* (Milady comtesse de), par Pouget. Charmant portrait dans un encadrement de fleurs. Belle épreuve. Marge.

692 — *Camusat* (Denise, fille de Jean), par Trouvain ; 1697. — Catherine de *Loison*, par A. Bouys (R. D. 9). In-fol. Belles épreuves.   2

693 — *Carline* (Mlle), actrice. Médaillon en couleur, par Bonnet. In-8. Marge.

694 — *Catalani* (Angelica) de Valabrègues. In-8 par Rados, d'après Sergent-Marceau ; 1816. En couleur. Belle épreuve.

695 — *Catalani* (Mme). Ovale. In-4, par Cardon, d'après Huet-Villiers ; 1807. Très belle épreuve en couleur. Marge.

696 — *Caylus* (Marguerite de Valois, comtesse de). In-fol., par J. Daullé, par Rigaud. Très belle épreuve.

697 — *Charnois* (Mme de). — *Chrétien* (Mme), femme de l'inventeur du physionotrace. — *Ducluzel* (Mme Michel). — *La Millière* (Mme de). – *Narbonne* (Duchesse de). — *St-Simon* (Mlle de), fille du Marquis. — *Sore* (La princesse de) — *Soyer* (Mme), femme du général. Jolis portraits ou Physionotrace, de Chrétien et Quenedey. Belles épreuves. Marges.   8

698 — *Châteauroux* (Mme la Duchesse de). Buste dans un médaillon in-8. Belle épreuve, coloriée

699 — *Chauvin* (Mme), représentée en Ste-Elisabet. In-12, par Edelinck (R. D. 167). Très belle et rare épreuve du 1ᵉʳ état, sans H au mot Elisabeth.

700 — *Clairon* (Mlle), célèbre actrice de la Comédie française. In-4, par Schmidt. (J. 140). Très belle épreuve. On y a joint un autre portrait de la même actrice, en contre-partie. Copie par Berger. Belles épreuves.   2

701 — *Connyngham* (La marquise de). In-fol. Lithographie anglaise. Coloriée. Très belle épreuve. Marge.

702 — *Corday* (Marie-Anne Charlotte), d'Armans. Agée de 25 ans. In-4, ovale, par Mariage, d'après Lelu. Belle épreuve. Toute marge. Rare.

703 — *Corneille* (Marie-Angélique), descendante du grand Corneille, meunière au village de Tilly, près Vernon. In-4, par Vangelisty, d'après Gault. Belle épreuve en bistre.

704 — *Dempster* (Miss). In-folio, à la manière noire, par T. Watson, 1771, d'après Willison. Très belle épreuve, avant la lettre.

705 — *Denis* (Marguerite Claude), née de Foissy. In-4, par François. Belle épreuve, imprimée en bistre.

706 — *Desbrosses* (Mlle), actrice de la Comédie Italienne, médaillon en couleur, in-8, par Bonnet. Remonté sur sa marge. Belle épreuve.

707 — *Du Barry* (Mme la comtesse). In-folio. Par Bonnet, d'après Drouais. Très belle épreuve, imprimée en sanguine.

708 — *Du Barry* (Mme la comtesse). In-8, par Le Beau, d'après Marilly. Très belle épreuve. Avant le numéro.

709 — *Du Bary* (Mme la comtesse). Ovale In-8, sans nom de graveur. Charmant port. Rare.

710 — *Dugazon* (Mme), de la Comédie Italienne. Médaillon imprimée en couleur, publ. chez Bonnet. Très belle épreuve.

711 — *Duncombe* (Lady Charlotte). In-8, par R. Cooper, d'après Hoppener. Très belle épreuve, en bistre.

713 — *Du Parc* (Sign. Lisabetta), de la Francesina. In-fol., à la manière noire, par Faber, 1734, d'après Klapton, Très belle épreuve.

713 — *Eon de Beaumont* (La chevalière d'). In-folio. Par Cathelin, d'après Ducreux. Superbe épreuve, avant toute lettre. Rare.

714 — *Eon de Beaumont* (La chevalière d'). In-folio. Par Daniell, d'après Dance ; 1793. A la manière du crayon. Portrait important et recherché. Très belle épreuve. Marge.

715 — *Estrées* (Gabrielle d'), duchesse de Beaufort. In-fol. par Le Cœur, d'après Porbus. Très belle épreuve, imprimée en couleur.

716 — *Fanier* (Alexandrine), actrice de la Comédie française. In-4, par Saugrain, d'après Moreau le jeune. Très belle épreuve de cette gracieuse pièce.

717 — *Fitzherbert* (Mrs). In-4 par Roffe, d'après R. Cosway. Belle épreuve. Marge.

718 — *Florensac* (Mme la marquise de). – Mme la duchesse de *Foix*. — Mme la duchese de *Crevant d'Humières*. In-fol., par Trouvain et Bonnart. Belles épreuves. 3

719 — *Glocester* (La duchesse). Médaillon dans un encadrement de fleurs, gravé par Hopwood, d'après sir J. Reynolds. Belle épreuve. Marge.

720 — *Hanneterre* (Mme), épouse de l'acteur. In-fol., représentée jouant de la harpe, par Corbutt, d'après Le Gendre. Très belle épreuve. Grande marge.

721 — *Howard* (Lady Caroline), fille du comte de Carlisle, représentée assise dans un jardin. In-fol., à la manière noire, par V. Green, 1778, d'après sir J. Reynolds. Très belle épreuve. Encadrée.

722 — *Kestner* (Lotte), née Buff, la *Lotte* du Werther de Gœthe. Médaillon par Chodowiecki. Très belle épreuve. Marge. Rare.

723 — *La Grange d'Arquien* (Marie-Casimire-Louise), 1ère épouse de Jean Sobiesky, roi de Pologne. — Madame la duchesse du *Maine*. — Lucie de *Tourville* de Cotantin, marquise de Gouville. In-fol., publ., chez Mariette, Trouvain et Perey. Belles épreuves.   3

724 — *La Trémouille* (Calliope de), abbesse du Pont aux Dames. In-fol., par Trouvain, 1681, d'après de Troy. Belle épreuve. Encadrée. Rare.

725 — *Le Brun* (Mme Vigée), tenant sa fille entre ses bras. Pièce anonyme, in-4, gravée à la manière du lavis. Très belle épreuve, avant toute lettre, imprimé en bistre.

726 — *Le Brun* (Mme Vigée), peignant. Eau-forte in-8, par De Non. Ancienne et belle épreuve, avant le n°.

727 — *Le Comte* (Marguerite), des Académies de Peinture... Médaillon in-4, par Lempereur, d'après Watelet. Très belle épreuve.

728 — *Le Couteulx du Molay* (Sophie). Petit buste dans un médaillon entouré de Muses et d'Amours jouant de divers instruments de musique. In-fol., par Nicollet, d'après Cochin, 1782. Très belle épreuve. Avant la lettre.

729 — *L'Enclos* (Ninon de). Ovale. In-folio. Par Janinet, d'après Mignard. Superbe épreuve. En couleur.

730 — *Leczinska* (Marie), princesse de Pologne, reine de France et de Navarre. In-fol., par Tardieu, d'après Nattier. Superbe épreuve. avec toute sa marge.

731 - *Mareilles* (P.-B. H. de Letancourt, comtesse de). In-4, par de Longueil, 1765, d'après Eisen. Très belle épreuve. Rare.

    Cette délicate pièce, écrivent MM. Portalis et Beraldi, est la perle de l'œuvre de Longueil.

732 — *Marie-Thérèse*, Impératrice Reine d'Hongrie. Médaillon ovale, in-4, par Macret, d'après Kunt. Très belle épr. En couleur.

733 — *Mazarin* (Hortense Mancini, duchesse de). In-4, à la manière noire, par de Blois, d'après P. Lely. Belle épreuve. Rare.

734 — *Mignard* (Catherine), comtesse de Feuquières. In-fol.,
par J. Daullé, 1735, d'après P. Mignard. (F. D. 333). Très
belle épreuve.

735 — *Mouchy* (Mme de), en habit de bal. In-fol., par Suru-
gue, 1746, d'après Coypel. Très belle épreuve. Marge.

736 — *Ogle* (Chaloner et Charlotte Arabella). In-fol. à la manière noire, par G. Clint, 1809, d'après B. Burnell. Belle
épreuve.

737 — *Penthièvre* (Louise-Marie de), duchesse d'Orléans.
In-4. Gracieux portrait sans noms d'artistes. Très belle
épreuve. Marge.

738 — *Pompadour* (La marquise de). In-folio, à la manière
noire, par Watson, d'après Boucher. Très belle épreuve.

739 — *Pompadour* (la marquise de). In-8, par Littret, 1764,
d'après Schenau. Buste dans un médaillon richement orné
de fleurs. Très belle épreuve du 1er état, avant toute lettre, non entièrement terminé. Très rare.

740 — *Repos de chasse*. In-fol., par Moitte, d'après Bénard.
Belle épreuve. Marge. Jolie pièce.

Mme de Pompadour est représentée ici en costume masculin,
assise sur un tertre et entourée de paysans et de chasseurs.

741 — *Porporati* (Mlle), fille de graveur. Ovale, in-4, dess.
et gravé par son père.

742 — *Pouget* (Marguerite Siméone). In-fol. , par Chevillet,
d'après Chardin. Très belle épreuve. Toute marge.

743 — *Richelieu* (Mme la maréchale de), dess. au physionotrace et gravé par Quenedey. In-8. Belle épreuve.

744 — *Rohan-Guéménée* (Mme la Princesse de), gouvernante
de Madame, fille unique du roi. In-fol., par Dupin, d'après
Le Clerc (1778). Très belle épreuve. Rare.

745 — *Russie*. S. M. l'Impératrice Elisabeth. — S. A. I. la
Grande Duchesse Catherine. Ovales, in-folio. Par Mécou,
d'après Benner. Très belles épreuves. En couleur. Marges. 2

746 — *Saint-Asaph* (La Vicomtesse de). In-fol., par Th. Apple-
ton, d'après Hoppner. Très belle épreuve. En couleur.
Marge. Encadrée.

747 — *Sévigné* (La marquise de). Ovale, in-4. En couleur.
Sans noms d'artistes. Probablement de Le Cœur. Très
belle épreuve.

748 — *Sheridan* (Mrs Elisabeth), représentée en Ste-Cécile.
Ovale, in-folio, d'après Sir J. Reynolds. Belle épreuve.
Marge.

749 — *Souillonville* (Mme de), maîtresse de Campion, 1773.
Très belle épreuve. Toute marge.

750 — *Spencer* (La Comtesse). Médaillon in-4, par Cooper.
Belle épreuve. Marge.

751 — *Suilly* (Charlotte Séguier, duchesse de). In-8, par C.
Charpignon. 4 vers au bas. Belle épreuve. Marge. Rare.

752 — *Townshend* (Anne, marquise de). In-fol., par Hadfield, d'après R. Cosway. Très belle épreuve.

753 — *Vertamont* (Catherine-Madeleine de), veuve de M^re
Lefèvre de Caumartin. In-fol., à la manière noire par
Lombart. Belle épreuve. Marge.

754 — *Villette* (Mme la marquise de), surnommée *Belle et
Bonne* par Voltaire. In-4, par Lingée, d'après Pujos. Très
belle et rare épreuve avant la lettre.

755 — *Villiers* (Lady Gertrude). In-8, par Cooper, d'après
Hoppner. Très belle épreuve en bistre.

756 — *Wallis* (Miss). In fol., en pied, par Bartolozzi, 1795.
Très belle et rare épreuve avant toute lettre. En bistre.

757 — *Warens* (Mme de), amie de J.-J. Rousseau. Par Le
Beau, d'après Batoni. In-8. Très belle épreuve.

758 — *York* (La duchesse Frédérique Charlotte d'). Ovale,
in-folio. En couleur. Superbe épreuve. Sans marge. Très
rare.

759 — *York* (H. R. H. the Duchess of). In-4, par Bourlier, d'après Mme Le Brun. Très belle épreuve.

760 — Mmes Necker. — De Masquière. — L'Héritier. — De Courcelles. — De Lussan. — Rolland. — De Lamballe. — De Pompadour. — Le Brun. — De Genlis. — De Valsan. — De Sévigné. — Tallien. — Marie-Cécile, princesse ottomane. Belles épreuves.   14

761 — Mmes de Genlis. — Geoffrin. — Ninon de Lenclos. — de Mondoville. — Du Barry. — De Bawr. — De Grammont. — De Graffigny. — De Lamballe. — Du Châtelet. — Du Deffand. — Williams. — De Mayer. — De Staël (2). — Th. de Méricourt. Belles épreuves.   16

762 — Portraits de Femmes célèbres. Gravures et lithographies. Formats divers.   60

DESSINS

Anonyme.

763 — Assassinat des Plénipotentiaires à Rastadt. Plume et lavis. In-4.

764 — La Moisson. — Danse autour d'un mai. Plume et lavis. Jolis dessins.   2

765 — Projet de la Colonne d'Austerlitz, place Vendôme. Plume et lavis. In-folio.

766 — Les Nymphes surprises. Très beau dessin au crayon noir, rehaussé de blanc, sur papier teinté.

BELLANGÉ

767 — Portraits des Rois de France, depuis Pharamond jusqu'à Louis XIII. Réunion de 57 beaux dessins aux crayons de couleur et dorés, sur parchemin (112 mill. $\times$ 145 m.). *Signés.* On y a joint les portraits des rois Louis XIV, XV et XVI, par Raymond de Jursy. Cette importante série n'est malheureusement pas complète. Chaque portrait est numéroté et il manque les N°s 37 à 42 (Robert le Pieux à Louis VIII).   60

CORNILLO

768 — Vues d'Italie et du Vésuve. Gouaches in-folio, ovales. 11

DELAROCHE (Paul)

769 — La mort du duc de Guise. Mine de plomb et rehauts de blanc. Etude pour le tableau ayant appartenu à Horace Vernet, beau-père du maître. *Signé.*

DESSINS CHINOIS

770 — Enfants jouant dans un jardin. Remarquables aquarelles d'une grande finesse. Sur soie. 3

ECOLE ALLEMANDE DU XVIᵉ SIÈCLE

771 — Ste-Barbe. In-4 à la plume. Au dos se trouve un autre dessin représentant un saint en prière. Fort beau dessin.

EHRENSWARD (C. A.)

772 — Souvenir de Rome : Etudes de têtes d'après l'antique. Plume et lavis. Beaux dessins d'une grande vigueur. 2

LIENDER (Paul van).

713 — Vue de Vyverberg in S'Gravenhage. In-fol. à l'encre de chine. Très joli dessin de ce bon maître de l'école hollandaise. 0,37×0,25.

MADAME.

774 — Cour de ferme. Au crayon rouge. Par Madame, Louise-Marie de France, dernière fille de Louis XV. *Signé* · « dessiné par Madame en 1760 ».

MEISSONIER (attribué à)

775 — Illustrations pour les Contes Rémois. Plume, lavis et rehauts de blanc. In-12. 4

MINIATURES

776 — La Pêche miraculeuse. - St-Pierre et St-Paul. — L'Assomption. —. Patriarche en prière. Superbes miniatures couleur et or, tirées d'un manuscrit du XVIᵉ siècle. Lettres initiales d'une grande finesse.   4

PAPETY.

777 — Sicilienne. Aquarelle in-folio.

TUTZ (L.).

778 — Déshabillés. Crayon. aquarelle et rehauts de blanc. *Signés*. Sous verre.   4

VARIA

779 — Vues avec personnages et ruines. — Sujet, d'après Angelica Kauffmann. Etc. Au lavis.   6

780 — La Danse des Muses. — Croquis, Esquisses. Etudes. Pierre noirre et sanguine. Dessins anciens.   30

GRANDE IMPRIMERIE DU CENTRE. — HERBIN, MONTLUÇON